GAEA

Gaea

站在原地走了很遠

ROVING IN THE ZONE

詹馥華——著

站在原地走了很遠

ROVING IN THE ZONE

目錄

一部　二姊姊觀察日記

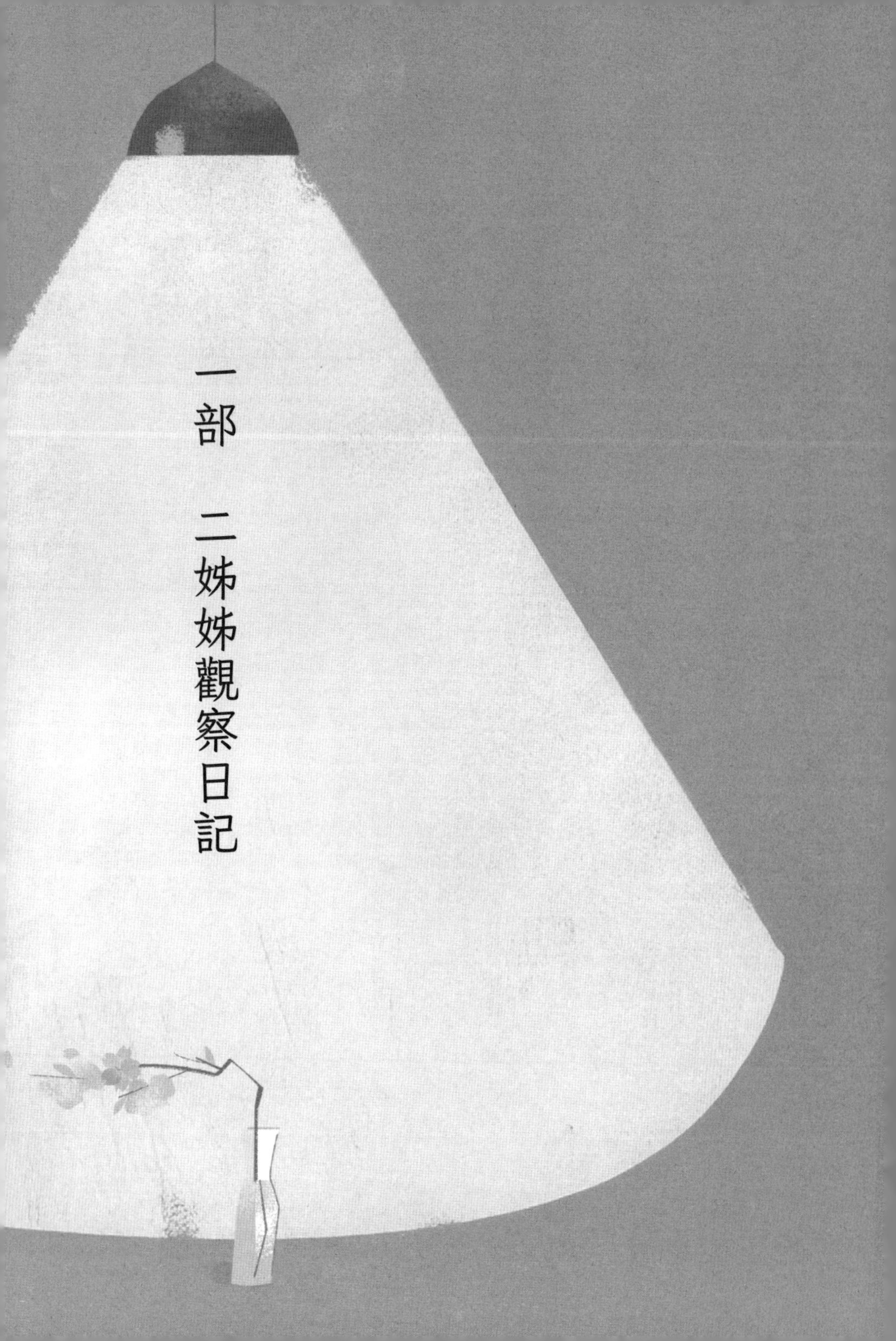

1

我有一個妹妹，相差九歲，她出生的時候，我很高興。

每天每天我要看一看她才去做自己的事，做一做自己的事再來看看她。

她小小的，香香的，她躺的嬰兒床掛著白色半透明蚊帳，我會透過蚊帳觀察她，看她揮動她的小手小腳丫，心都融化。

那個時候我二年級升三年級，每天放學都以最快速度飛奔回家，我覺得守在妹妹身邊就已經是我這輩子生活的一部分，直到有天回家，嬰兒床空空如也，跑去問媽媽，妹妹呢，媽媽回我，送人了。

我聽了晴天霹靂，腦袋閃過前幾天親戚來訪猛誇妹妹長得太可愛了好想帶回家養的記憶畫面，瞬間崩潰，癱軟在地。

媽媽沒料到我把她隨口一句玩笑話當真，放下手邊的工作安撫我，妹妹只是出門兜風，馬上回來，我不信，顧著哭，直到親眼看見爸爸抱著妹妹回家，妹妹被媽媽安放在嬰兒床上，睜著圓圓大大的眼睛對我笑爲止。

這或許是一種身爲姊姊的本能，又或是這樣的情感只屬於我自己，縱然孩子長大不再被視作孩子，在我心裡，妹妹某個層面始終是孩子，直到現在也依然是。閉上眼睛一秒回到當時我仍心有餘悸，恐懼沒有隨著歲月的流逝消弭分毫，胸口反覆那股瞬間崩塌的實感，讓我確切意識到，在這個世界上，我唯一疼愛的小孩只有妹妹。

2

妹妹出生第三天抬頭，她學了坐，還沒學爬，九個月大直接走路。比起躺在嬰兒床、被抱在懷裡哄，她更喜歡兜風。父母經常開車載她外出，她會坐在嬰兒安全座椅上安靜看風景，她擁有一雙清澈透亮的眼睛。

我很難解釋妹妹是如何明確讓父母理解自己的需求，可能是母女連心，可能前世有情，是默契，是心靈感應，她才幾個月大的孩子，連句話都不會說。甚至即便不是血脈相連的家人，妹妹也照樣辦得到不哭不鬧便讓周遭的人們配合她心意行事，我認為這是一種天賦，迷人的特質。

人生才剛開始的妹妹把握時機積極拓展自己的世界觀。

她在滿週歲得了感冒被帶去診所，迷上了投幣式電動搖搖馬——投擲十元硬幣便隨歡快音樂擺動的遊樂器材，僅供幼童乘坐，多半設計成汽車、飛機、太空船或卡通動物等造型，放置的熱門地點通常在診所或超市前面。

她喜歡隨心所欲地移動。白天兜風，晚上坐電動搖搖馬，坐一次像環遊世界一趟。爸爸一晚得換好幾百元硬幣，我參與過幾次，負責投幣，幾次都只能擔任中繼投手，多數時候妹妹更樂於和父母一起度過她的美好時光。另外，要是父母出門辦正事，車裡又正好載著愜意兜風的妹妹，爸爸會巧妙繞道，避免經過任何放置電動搖搖馬的店家，否則被妹妹正好瞄到，得無條件停車讓她環遊世界一百零八圈。

當然長輩的這點小心思包含寵溺的成分，堅持不了多久，實際也就頭幾次起作用，之後他們開始察覺到妹妹的小聰明——她認得路，她一個才滿週歲的孩子，兜風不是兜假的，她索性開口咿咿啊啊引導爸爸去她想去的地方。

作爲一名「初出茅廬」的新生兒，人生走到滿週歲，習得隻字片語，懂得有效運用，妹妹或許已早早明白語言是她的武器。之一。

而父母則因爲屢屢驚喜於妹妹的聰穎天資，心甘情願停車陪她玩耍。

那樣的情景，我趴在後座車窗見過幾次。

我也是後來的後來才知道，妹妹半夜翻來覆去輾轉難眠，爸爸媽媽會載她滿街四處找尋沒有被店家鎖住的電動搖搖馬，陪她坐到發睏爲止。爸爸手裡握著的零錢從來沒有不夠她坐。

欸不是，究竟會有什麼天大的事能讓一個滿週歲的孩子輾轉難眠？妹妹從來不屑假哭情勒，她那個時候晚上失眠也只是安安靜靜地躺在嬰兒床裡，吸著奶嘴，雙眼出神地盯著她頭頂上方掛的蚊帳，鼻息時不時幽幽嘆氣。

怎麼感覺她是一般那種耐住性子等待但又等得不耐煩的表現？她等的是長大。

3

不知道其他人回憶裡的童年長什麼樣子，什麼氣味或顏色，我的話，偶爾掠過我腦海的，是詭譎的昏黃。

那是妹妹出生前的我，白天不知天高地厚，套了件上衣，忘了穿外褲，也忘了鞋，附近鄰里哪都去，自己一個人也能玩得愉快，畢竟我拔腿再快也追不上刻意看準時機，急匆匆拋下我和同儕出門玩樂的姊姊哥哥。

我沒有被拋棄的陰霾，出乎意料記得自己氣喘吁吁當下很快被眼前的氛圍吸引。赤腳佇立在鄰里暱稱「小溪邊」的田野中央，獨自一人，烈日當空，世界炎熱又寂靜，腳底板黏附乾涸龜裂粉碎的黃土，清風揚起塵土，鑽進趾縫，那細微的不適深入我的軀體記憶細胞。

不知過了多久，我被潺潺溪水聲吸引，俯臥排水溝邊伸長了手，撈到一隻不可能出現在農田灌溉渠道的橘紅色凸眼金魚，像來自異次元，我記得牠脫窗的喜感，一眼看我，另一眼上下左右轉個不停。

我曾因爲媽媽隨口一句防火巷傳出窸窸窣窣詭異聲，飛也似地跑出家門繞了一大圈，鑽進屋後猶如惡夜叢林般長滿菅芒雜草的防火巷，抓到一隻身形和自己差不多大的巨型白兔，像愛麗絲夢遊仙境的白兔先生，血紅的眼珠十分奇幻。

我也曾經在風雨欲來的時分佇立鵝黃色路燈下，放眼望向滿天難以計數展翅亂竄的蚱蜢，千千萬萬的牠迷航失控撞擊墜落，扎傷我手腳，刮痛臉頰，當我試圖低頭避開無差別攻擊，牠從後頸掉進我衣服裡，我和牠同時陷入驚慌失措，牠通過衣服，摔落在地，啪噠啪噠，垂死掙扎千千萬萬次——我怔怔地反覆盯著那極度不適的一幕。

世界末日大概就長那個樣子吧。

壓根不知道毀滅是什麼的我感覺世界要毀滅了。

不知道其他人回憶童年如何感受當時的自己，湧上心頭的是什麼樣的情緒，情感脈絡又爲何，我的話，我曾多次獨自遭遇光怪陸離的奇幻時刻，和我同行見證的是其他動物，這其中沒有人類，爲什麼目睹現場的就我一個人？難不成那些當下我無意間展開了連自己都不知道存在的結界？不自覺變成「我獨自一人踏進平行時空」？說不定那奇異絢麗的異次元才是我眞正原本存在的世界？果眞如此便也足夠解釋我長久以來不間斷感受到的——自己與這世界之間存在著不知爲何無法消弭的格格不入。

九歲，妹妹誕生，我開始注意這個世界上的其他人類，妹妹是關鍵。父母日日勤奮忙碌於工作，白天並不經常在家，晚上大多因爲得幫忙處理親戚的家務事出門，這是我的印象。

我通常不知道姊姊哥哥去了哪裡，究竟是他們各有各的交友圈，還是我太活在自己的世界裡，比起艱難回想他們當初的模樣，我更記得他們在我心裡各自代表的物品——哥哥放在床頭隨便我拿去翻閱的熱血漫畫，以及被姊姊藏在衣櫥深處，絕對不准我摸一下但其實是父母爲了獎勵我而買給我的芭比娃娃——回頭細細爬梳才發現姊姊哥哥過去對待我的方式一定程度影響了我接下來的人生發展，我喜歡《少年快報》，喜歡故事，喜歡分鏡，喜歡畫畫，我自始至終徹頭徹尾對芭比娃娃無感。

與人相交是件困難的事，儘管早早學習看人眼色及閱讀空氣，可我始終做得不夠好，直到妹妹出生，我在一旁觀察妹妹游刃有餘的應對進退，意外獲得代理滿足——妹妹眞是神奇的生物，全世界全宇宙只有我妹妹才可能這麼有趣吧。

我每天放學衝回家窩在嬰兒床前盯著妹妹，也明顯感覺她每天都不一樣。

或許正因如此，妹妹出生之後，我不再去小溪邊，一方面驚嘆妹妹的成長速度，一方面覺得等妹妹學會了走路，她也會拋下我。

4

國小五年級有天夜裡，我在主臥寫功課，寫到一半，客廳的電話響了。

一般情況下，父母晚餐後會待在客廳看電視，如果有客人來訪或電話響起，理當能就近立即反應，但這夜電話響了好久沒人接，久到令我開始覺察，轉頭看向敞開的主臥房門，音源長驅直入，來電聲更顯宏亮，我看了眼躺在嬰兒床裡熟睡的妹妹，深怕妹妹被電話聲吵醒，起身躡手躡腳走出主臥，隨即迅速地輕聲關上門。

順道一提，主臥房門敞開，是父母刻意爲之。目的是方便他們用聽力監督我認眞唸書。但凡我從書桌前離座，哪怕只挪動屁股，他們便鬼神般彷彿透過震波得知，立刻出聲要我別輕舉妄動，甚至，爲了精準掌握狀況，他們更是以幾乎靜音默劇模式觀賞電視節目。反之亦然，這是血脈相承的能力，身處主臥的我也能夠聽得清楚客廳的動靜——電視轉成靜音還會有其他聲音，譬如父母或久坐起身，或來回走動，或講悄悄話仍會發出斷斷續續、窸窸窣窣的聲音，然而這一夜，不對勁。

鄉下房子不大，靠近市區整排連棟長得一樣的多爲狹長型，內部構造基本是前後有光照，中間長廊通道。當時的我家也是。

從主臥走到客廳必須通過沒有壁燈的長長走廊，經過漆黑無對外窗的隔間，恐懼感瞬間襲來，屋內迴盪電話聲響，響得我步步心慌。果不其然，走到客廳，空無一人，父母不知去向，平日被要求隨手關掉的客廳電燈亮著，電視開著，小聲播著綜藝節目，像有人去上廁所很快回來，刻意營造他們一直在家的氛圍。

盯著響個不停的電話，莫名意識到對方知道家裡有人，所以要打到有人接爲止，我深呼吸，鼓起勇氣接電話，唔！是母親大人——什麼嘛原來是媽媽啊害我嚇一跳。

母親自顧自叮囑我務必把門窗全部鎖好，尤其是後門，她和父親還在外婆家談事情，讓我別等早點睡，匆匆結束通話——呃？才鬆了口氣，瞬間又綳緊神經，電話另一頭鬧哄哄，儘管母親語氣溫柔，我能感覺她隱匿著滿溢的情緒，我知道發生了天大的事，小孩子過問不了的事。

我跑到後門確認門是關著的，但那沒用，喇叭鎖老早壞了，前幾天家裡才遭竊，小偷正是從防火巷翻進後門作案，人沒抓到，跑了，想到就不寒而慄——對方來過，把當時帶來的惡意遺留在我們家，所以卽便人已逃之夭夭，我也覺得他沒有離開過，只要他沒被抓到，只要我們不知道他是誰，他會再來。因爲惡意還在。

我趕緊學父親拿拖把堵在門後，搬椅子擋住門口，接著衝回主臥把房門鎖上，再擋一把椅子，窩在嬰兒床前守護妹妹——任何一點風吹草動都能讓我胡思亂想，一下子懷疑被破門入侵，一下子錯覺父母回家，獨自跑上跑下，深陷和妹妹相依爲命的濃烈情感之中，熬到清晨魚肚白才不小心斷線睡著。我孤單忐忑卻又慶幸妹妹沒有中途醒來，明知道她醒來不會哭鬧，我依然不希望她面對這個夜晚，會像我記得一輩子，從此夜晚不一定是休息時間而是需要隨時戒備，以後的黑夜白天沒有界線。

後來父母沒有告訴我當晚究竟發生什麼天大的事，我也沒問，我想我最終長成了一個縱使滿腹疑團但不會問出口的孩子。而像這樣的孩子會同時被激發出一種能力——我能從大人們話說一半的神情，解讀另一半沒說出口的實情，例如日防夜防，家賊難防。

5

雖然這麼形容襁褓中的嬰兒有點奇特，但妹妹身上散發著一股神聖不可侵犯的氣場，大家似乎被妹妹自然平和的氣息所吸引，頻頻稱讚還只是嬰兒的她氣質空靈，這很有可能源自於妹妹本身不太哭鬧的關係，她是個情緒穩定的小孩。

但凡見過妹妹的大人，第一時間都會因爲她精緻的外貌誤認她是混血兒，然後著魔似地陷入混血兒迷思，老是把想要帶妹妹回家珍藏這種不像話的事掛在嘴邊嚷嚷，這種話搬到現在講簡直犯罪——嗶嗶！警察先生！快！就是這些人！

小時候的我每每聽見類似意圖的話語都神經緊繃，直到有天確定那是不可能發生的事才好過些，即便如此，還是反感，我總能感受到隱匿在玩笑背後的複雜情緒。

然後，再稍微長大些，眞的只是稍微，我北上求學一段日子回來，妹妹從小學三年級開始逐漸變成了「道地」的英國人，她閒來無事把英文的口說能力練成母語等級，學校老師多次替她報名校內外英文即席演講比賽，大家便更逕自認定她是混血兒，要不然也一定是在國外長大的ＡＢＣ。

無關本人的意願，妹妹的混血兒之路，從天生的外貌進階到了後天的技能。

當我還自忖妹妹上輩子是歐美人，妹妹沒有停下腳步，她自學了日語。一開始只是和家人一同收看電視台播放的經典日劇，聽著熱門主題曲，接觸了日本流行樂，沒過多久，她的日語口說能力升級成母語等級，日本人絲毫不懷疑她是外國人。

在這之後，又過一陣子，韓流快速席捲全世界，妹妹在書櫃連一本韓語學習書都沒有的情況下學會了韓文，買了張機票飛去韓國交流，韓國人以爲她是當地人。

有人好奇問過妹妹還懂哪幾門語言？她只簡單回答其他純粹涉獵，不算懂。

按我的了解，妹妹之於泰文、法文、西班牙文、義大利文皆有涉獵，並且就我的深度理解，妹妹對「涉獵」二字的認知與普羅大衆不同，她說她不算懂，意卽，不是母語等級不算懂，相反地，她說她懂，那是眞懂。

她有勝負心但不是大聲嚷嚷自己長處的性格，更多時候她比誰都要努力，我壓根搞不清楚她究竟什麼時候學習。我認爲要想短時間精通一門語言至少也得透過不斷對話交流才有可能快速進步，但這顯然不適用在妹妹身上，因此我經常產生妹妹怎麼在須臾之間突然又多懂一門語言的疑惑。

妹妹的「血統」隨著不斷自我提升的外語能力，變得更加多元化。她能夠自由靈活變換交流的模式，除了基本的溝通，聽懂說話語調，參透對方的微表情，累積的全是人情世故。這是一種天賦，是迷人的特質。

妹妹會根據她的交談對象展現她處理人事的能力，她懂的語言越多，獲得的組合技越廣，於是妹妹的血統可以不是天生，她讓她的交談對象判斷她的出身，我想她多少覺得這件事本身很有趣，並且通常會主動評價她的，哪怕只一面之緣，他們對她印象深刻，都欣賞她。

我想後來認識妹妹的許許多多人大抵與我同感吧，他們總是煞有其事地替她編造生命軌跡——因為擁有明顯的牛津腔，所以猜她留學英國，或猜她可能待過英國再去美國，又說她的口音自帶澳洲腔，即便同一個國家，口音也分不同區域，成長環境絕對不只待過一個國家。

憑藉他人累積貼在妹妹身上的標籤，她已然周遊列國。

她是插翅能飛的人。

我們也曾開過無厘頭的玩笑，說幸好我把學習語言的能力留在媽媽肚子裡，妹妹才能得到兩倍速以上的語言學習能力。這樣挺好，我不常說話，零國語言也不可惜。

6

我需要花很長的時間理解自己，例如我說話的音量其實很小這件事。

求學時期沒啥大問題，出了社會才適應不良，於是我開始練習自己的口條，調節音量大小，並且很快地發現到——如果說話的時候得時刻注意音量，與人交流反倒不自然，連帶語言組織能力也變得薄弱，更加無法好好表達自己想說的話。這讓我感到挫敗。有心練習卻沒有收獲好的成果，人生彷彿還被調整成困難模式，與人相交，誤會頻傳，卻又無力解決、力不從心，更年輕的時候沒有平常心。

當時的我在極與極兩點跳躍，一直沒能走上中庸之道。

有次和妹妹去餐廳吃飯，我捧著菜單點了套餐。

從前菜開始，按順序選擇自己想吃的沙拉、湯品、主食、甜點和飲料。

那是一次有意識的練習，殊不知服務生在我慎重點餐的過程頻頻確認餐點內容，不但複述我點的每一道菜，到後來他甚至向我微微傾身，聽我說話，這讓我困惑，也慌張。直到點餐完畢，我盯著服務生轉身送單的身影觀察好一會，回頭發現對面的妹妹正看著我，我報以苦笑，拿起桌上的玻璃水壺，給自己和妹妹倒了杯白開水。

「二姊姊。」妹妹喊了我。

「嗯？」

「妳是不是在想爲什麼服務生要問妳兩遍？」

「妳怎麼知道!?」

「看就知道了呀。」她揚起一抹笑，一臉司空見慣。

「我講話還是那麼小聲嗎？我有刻意大聲一點了欸。」

「妳沒有說話。」她簡潔地說。

「蛤？」

「妳忘記說出來了。」她單手做出掌心開合的動作，示意我沒有張嘴。

「我剛才不是問今天怎麼沒有南瓜湯？上次覺得好吃的炒野菇，菜單上沒有了，我剛才還——」我對著妹妹字字句句還原自己點菜的語氣及態度，這可不是開玩笑。

「妳剛才是在心裡問他，所以他沒回答妳，所以妳以爲他不理妳。」妹妹說。

「……」我詫異地盯著妹妹，試圖理解她說的話，腦袋反應不過來。

「點餐也是，妳在心裡決定要吃什麼，就以爲自己點完了，所以服務生問妳要點什麼，妳以爲自己上一秒才說過，他怎麼沒在聽，其實是妳沒有開口——炒野菇有說啦，但就自言自語，超級小聲，像螞蟻說話吧。」妹妹見我語塞，索性捅破窗戶紙。

「說話小聲的部分就只有炒野菇？」我消化不了，只回應還能理解的部分。

「那妳眞的很想吃炒野菇哦。」她笑著說。

原來我眞正問出口的是炒野菇，而不是南瓜湯，也就是說，我以爲我喜歡南瓜湯，實際上我愛的是炒野菇——我的天，這未免也太赤裸，再說，若妹妹這番言論屬實，我不就和醒著夢遊沒兩樣嗎？

明明人醒著但卻處於夢遊狀態，或者說那種情況我是在神遊？

越想越不對勁，驚愕地向妹妹喊了暫停——我突然想通一件可能發生在我身上不得了的事。

「我很常發生這種事欸，該不會——該不會都和剛才的情況一樣？那站在別人的視角看我，他們不就覺得我……」我試著把自己放在服務生的位置回想了一遍，腦袋浮現過去和我共事的人們，他們偶爾會顯露令我耿耿於懷卻難以追問的神情，內心湧現出原來我才是反派啊的赤裸裸羞恥感。

「他們就覺得妳可能哪裡有問題吧。」妹妹直白接話。

「吼妳怎麼不早點跟我說？」我嘟囔。

「要怎麼說？又不是什麼事，我是看妳好像誤會人家了所以才說一下。」妹妹說有朵烏雲一直在我頭頂上方盤旋。

「嗚——眞的，超級抱歉，我可能誤會過很多人。」我遲來地醒悟。

「沒差啦，他們又不知道，頂多覺得妳很奇怪，反正二姊姊本來就很奇怪啊。」她快速釐清事實，結論讓我哭笑不得。

「我還一直很煩惱爲什麼大家都聽不懂我說話。」

「因爲妳都跳著講啊，十句話要講，妳只講三句，還不是按照順序講，第一句講了，第二、第三句心裡講，第四句講了，第五句心裡講，別人怎麼可能聽得懂？」妹妹進一步明確解惑，聽起來有點道理，這是我第一次意識到我大腦可能的運作模式。

「爲什麼妳比我還清楚？」

「Of course～妳隨便挑一根眉，挪一下屁股，我都知道妳想什麼。」她俏皮地把當然的英文尾音拉得很長，得意地撥了撥劉海。

那天我因爲單方面想要彌補自己的歉疚，服務生每端上一道菜，我便愼重感謝他一次，事後回想又覺得過於刻意。多了，好像變得更奇怪了。妹妹聽了讓我別擔心，奇怪的人不會變得更奇怪，奇怪加上奇怪，只會奇怪得很立體。

7

欸。

回來。

又來了。

妳到底想怎樣？

吃飯就吃飯，不要想東想西。

又！又在想事情！

妳在外面也這樣嗎？

我聽到媽媽大吼的聲音——抬頭看見餐桌上媽媽瞪大眼睛喊我吃飯的表情。

從小到大，媽媽坐在同個座位，神情語氣相同，唯獨身上穿的衣服隨著四季變換，她一天又一天，一頓又一頓，一遍又一遍喊我。

小時候只覺得媽媽爲什麼老是吃飯吃到一半對我發脾氣呢？我明明什麼都沒做呀，轉頭看向身旁的吃貨妹妹，她對發怒的媽媽視而不見，顧著吃。我以爲她還小，看不懂眼色，直到稍微再長大些，她開始和媽媽一個鼻孔出氣，說問題就出在二姊姊妳什麼都不做呀，該吃飯的時候不好好吃飯。

後來我才漸漸發現自己原來在吃飯時會出現挾菜挾到一半定格的習慣，手懸在半空，維持挾菜的姿勢，動也不動，出神去了。

我之所以能意識到這件事，還是從某個自己也不太有印象的時節開始，媽媽不再吹鬍子瞪眼，全家放任我神遊，他們吃他們的，聊他們的，輪流把我愛吃的挾到我碗裡，等我自己回神。

我想我曾經肆無忌憚地度過一段盡情神遊的時光，起初並沒察覺異樣，漸漸地，我開始意識到自己回神後最常面對的不再是媽媽發怒的臉。我最常盯著發呆的是自己挾著菜的手。有時還會捧著碗，盯著碗裡的飯，忘了咀嚼嘴裡的菜。

「二姊姊每次吃飯都心不在焉。」妹妹不等媽媽發怒便先把我拽回神。

「就是說啊，也不想想做菜的人多辛苦，吃個飯像要妳的命一樣，這不吃那不吃就算了，還心不在焉。」媽媽因爲有了最強力的援軍，多年來在我這裡遭受的委屈獲得釋放。

「哪有……我很感謝好不好……」我確實是百口莫辯。

「妳少來。」媽媽秒吐槽，妹妹邊吃得津津有味邊同聲附和。

「可是你們不覺得吃木耳的時候——木耳摩擦牙齒很恐怖嗎？跟指甲刮黑板一樣會起雞皮疙瘩。」我盯著餐桌上的醋溜木耳，光想像就覺得渾身難受，忍不住看向爸爸，又看妹妹，再看回媽媽，得不到任何回應，又問一次：「不覺得嗎？」

「摩妳頭啦摩。」媽媽七竅生煙。

小黃瓜我也不行。

8

妹妹申請日本打工度假簽證通過了，即將啟程。

聽聞朋友的妹妹才結束打工，我向妹妹提議約對方見面交流，妹妹說好。

我和朋友約在師大聚餐，她的妹妹和她一樣隨和，名叫小南。

小南是健談的女孩，從小熱愛日本搖滾樂，長大付諸行動，跨海追星，日語流利，結識不少志同道合的當地友人，我心裡想著小南日本生活如魚得水是因爲她接觸得早，或許我們不應該把她的經驗視作常態，那是她一路付出積累下來的人生紅利，首先必須明白這點才行。思緒至此，我抬眼留意起妹妹和小南交談的神情，不知怎地突然分了心——

所謂的妹妹，眞是奇妙的生物啊。

明明剛剛在家還像個愛撒嬌的孩子，怎麼出門瞬間變成了大人？我甚至奇怪自己才剛湧現的無盡操心被一股莫名的安心踏實抵銷。

正當我的內心獨白還在讚嘆妹妹談吐得宜，孰料小南突然話鋒一轉，有感而發地提醒妹妹，生活是生活，工作是工作，打工度假與遊客的身分不同，日本人排外更容易展現在職場，她自己也因此遭遇嚴重的職場霸凌，不僅被無視，更被迫沉默，心神飽受折磨，坦言外國人要想融入眞正的日本社會比想像中困難許多。

聽著小南自述被同事霸凌的經過，我耳中嗡嗡作響，震驚到精神恍惚，她的際遇在我腦海裡縈繞，像條九彎十八拐不知何去何從的路，既沒有終點，也沒有出口，她就坐在我面前，她也還在那條路上。

健談的她，沉默的她，兩個她，都是她，同時存在。

回家路上，和妹妹逛了街，給她買一雙好鞋，趕緊收她一塊錢。沒什麼好否認的，我就是如此禁不起萬一。

接下來連續幾天我得空點開Google Map，貼上妹妹給的地址——她預計入住位於吉祥寺駅與井之頭公園中間的Share house。循著地鐵路線圖，我熟練地抓起小黃人，扔進地圖，展開實際街景，按著畫面裡指示方向的白色箭頭行進，四處兜兜轉轉，藉此遊歷當地。東京二十三區如此之大，再有嚮往也必須親自到了當地才能一一確認，身分和工作都是，隨時可能出現變數。聽著妹妹分享她的具體安排，我決定不去想像困難，至少在妹妹面前，我不表現憂慮。

妹妹出發那天，我拍下她揹著包出境的身影，發在社群軟體感嘆，妹妹出國了好擔心。

底下一眾親友留言回覆對啊，妹妹出國了好擔心妳。

9

面試過妹妹的日本人沒有一個不欣賞她，和妹妹共事的日本人沒有一個不喜歡她，連日本同事都說，平日裡難以親近的職場前輩也是，唯獨面對妹妹笑容可掬。

向來獨來獨往的內場廚師，會在下班前為妹妹料理咖啡廳菜單上沒有的美味佳餚；同事們會等她下班一起去小酌，續攤到天空露出魚肚白，吃碗拉麵再回家；假日出遊也以她的喜好為首要，無論男女老少都自願當她的護花使者——光聽描述的確有點誇張，當然也會質疑真實性，我一度懷疑妹妹是報喜不報憂，直到親眼目睹。

同年我挑在妹妹生日前夕飛去日本，講好我先到神保町逛古書街，等她下班。

妹妹工作的地點在秋葉原，我們約在御茶ノ水駅碰面。

兩地距離不遠，可也有段路，特別是最後一段上坡道需要腿力，我站在坡頂，她要是到了，會先冒出頭。

我徘徊在約定見面的全家便利商店前等待，沒多久妹妹出現了。

而且出現的不只她一個，她的朋友也一起來，一男一女，跟隨在她左右，這眞的是我萬萬沒想到會發生的事，尤其妹妹淸楚我極度社恐，怎麼會把朋友也找來和我碰面。我看見妹妹朝著我的方向走過來，本想迎上前卻放緩了腳步。加上地勢關係，落日在妹妹身後，夕陽彷彿從她背後放出光芒，那場面新奇又有些刺眼，我反手遮陽，妹妹開心向我揮手，而這對年輕男女護送妹妹到我眼前，向我禮貌頷首，並在完成護送任務之後隨卽離開，臨走前溫柔叮嚀妹妹路上小心喔明天見唷。

竟然是眞的——護花使者竟然是眞的——

我從他們看向妹妹的眞摯目光，感受到兩人對她的疼愛，那是種打從心底眞正的喜歡。我很感謝他們讓我目睹妹妹備受疼愛這一幕，但內心同時遭遇相當程度的認知衝擊，這不是我過去了解的日本人呀，印象中他們會避免臨時和同事的親友碰到面呀，那些客氣疏離到能夠讓我安心獨處的日本人跑去哪裡了？骨子裡刻著保持距離以策安全的日本人躲到哪裡去了？爲什麼日本人遇到妹妹會變得不像日本人？

「誰？山口？」看著他們走遠的背影，我猜了個妹妹提過的名字。

「對，另一個是大野。」妹妹和山口一起下班，大野剛好在附近就跟過來了。

「啊……我剛才沒辦法記住他們的長相。」我爲了維持表面鎮定，好好地向他們打招呼，情急之下使出視線穿透眼前一切人事物的求生技能。

「我知道。」

「呵呵——抱歉。」我乾笑。

「妳看起來也太慌張了吧。」她笑著說。

「很明顯嗎？」我不想在妹妹的同事面前表現糟糕啊。

「他們應該看不出來。」

「他們——不知道妳是要來找我嗎？」她是來找姊姊又不是去見危險人物。

「知道啊，我有跟他們說了我可以自己過來，他們還是堅持要陪我，我心裡就想說——哇不行不行，二姊姊會被嚇瘋，本來想要打電話提醒妳會有陌生人，結果撥出去就看見妳了，一整個來不及。」她苦笑地說。

據說原本打算陪同的人更多，被妹妹婉拒再三才作罷，她是沒差，主要是擔心我像兔子一樣被嚇到當場暴斃——

欸欸欸，不行，害我大不敬了啦！

我的腦海竟然浮現神明出巡的壯觀場面，只不過，中間被群衆簇擁的變成妹妹，這到底是什麼邪教組織!?試想如果我的妹妹不是我的妹妹，我絕對會拱手作揖說一句謝謝對不起打擾了，然後直接逃跑吧——妹妹發現我又獨自上演內心小劇場，直接拉著我的背包往前走，語氣淡然地說要帶我去吃好吃的。

回來和三五好友聚餐，我提及目睹妹妹變成團寵的經過，大家聽了雖然覺得不可思議，卻也異口同聲表示，因爲是妳的妹妹呀，所以不意外欸，就像再怎麼荒謬難堪的事發生在妳身上，我們也完全不意外——欸喂，怎麼我莫名其妙躺著也中槍？

我就想表達一下，那可是日本啊，是東京。我小聲嘟囔。

老友笑著說，現在妳該要相信妹妹的能耐了吧？總算可以放心了吧？

呃——沒有，怎麼可能，我只是被神明出巡轉移了注意力。

我相信她，和我擔心她，從來是兩件事。

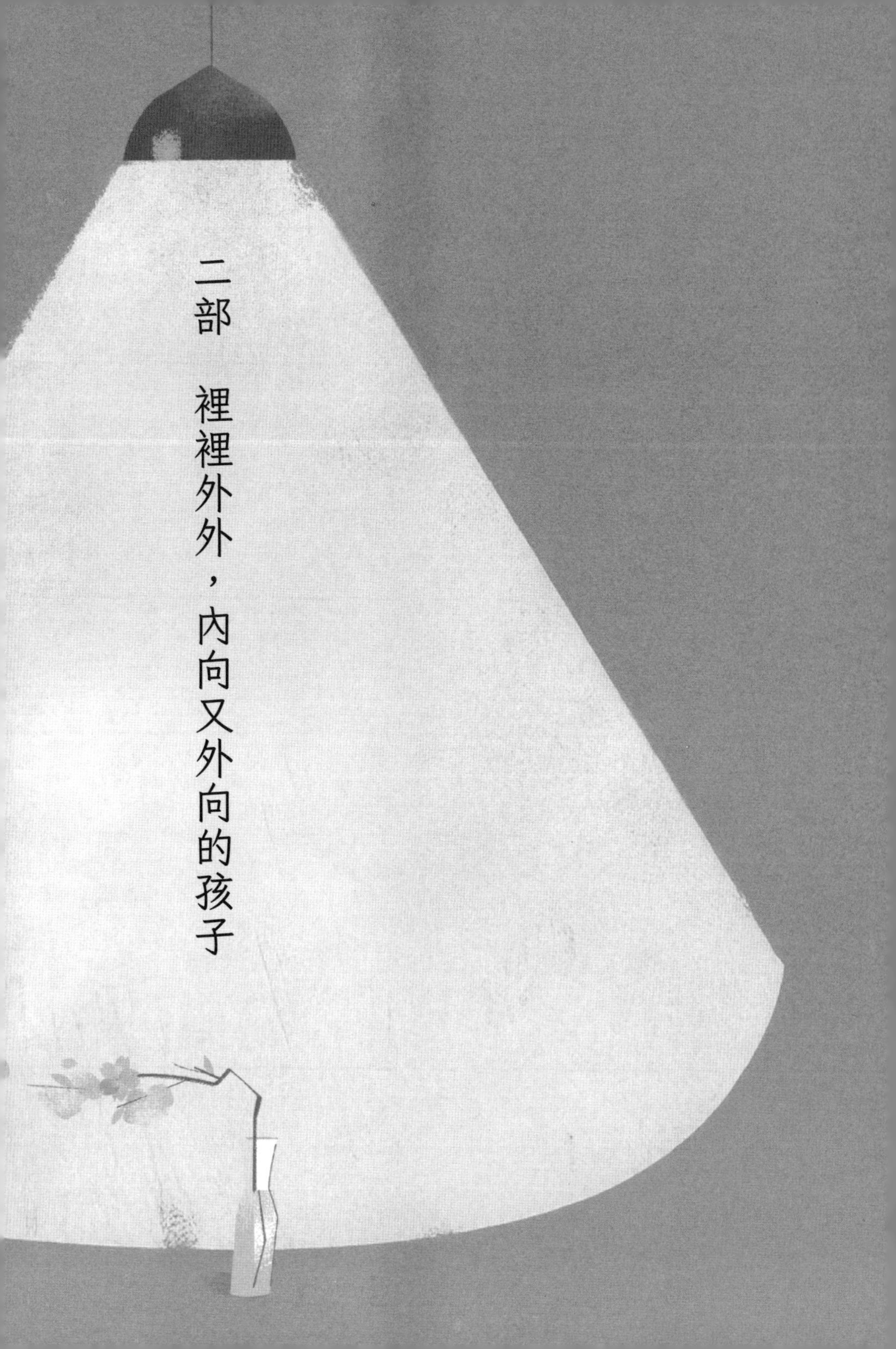

二部　裡裡外外，內向又外向的孩子

10

時光回溯，在我的印象中，第一次獨自旅行在二十四歲前後。

當時出社會工作一段時間，有次被公司主管指派負責策展，是政府標案。從設計展區到導覽手冊、規劃名人講座，忙碌數月至展期結束，緊接著臨時被徵調去跨部門協助改稿，忙活月餘，中間來來回回的閒言碎語烏煙瘴氣我全部忘光光，只記得任務結束獲得了長假，我誰都沒商量便買了張便宜機票飛出去，地點是日本東京。

我對東京一無所知，幾乎沒做功課，到了機場隨手買了本東京旅遊雜誌。

第一次搭飛機覺得很新鮮，但是對未來十一天的旅程沒有期待，也不興奮——若是懷揣著這樣的心情，那又爲何要出發？明明眼前事事新鮮，卻滿腦子充斥自我質疑，每一題發問都能把自己問倒，然而更弔詭的是在被如此矛盾至極的情緒自噬下，還能確實感受到如果沒有陷入此時此刻的混亂，我不會獨自踏上旅途。

二十幾歲的孩子遭遇任何一點內心掙扎，都會比表面上看來更驚天動地，因爲青春擁有必須盡情感知的特性，再怎麼肆意妄爲，還有一堵名爲「極限」的牆擋在前面，偶爾掃掃興，極限的主宰是身體，身體是現世，是現實，會叫我們適可而止。

於是乎，旅途才剛開始，隨之襲來的便是先前工作解任務累積傾倒的疲憊，像被狠狠揍一頓，連雜誌都沒能拆開，直接爆睡到飛機抵達成田，逃難似地，此行唯一目的是去我從來沒去過的地方呼吸。

我駐足在入境大廳，打開民宿寄給我的住宿須知電子郵件列印紙本。

民宿訂得比機票還早，是交稿前幾日透過網路推薦失心瘋下手預定的，之後一直沒有時間研究，只知道民宿經營者是一對老夫妻，先生是日本人，妻子是台灣人，語言溝通不成問題，是那種把自己住家其中一間房分租給旅客的家庭民宿。

老先生在電子郵件裡夾帶附件，內容以中文詳細地敍述，搭配簡易的交通路線示意圖，教導旅客如何從成田機場搭車抵達位於淺草的民宿，更善意提供兩條抵達路線，任君選擇，第一條是直達車，另一條是交通費相對便宜但需要轉乘兩次車。我毫不猶豫地選擇了後者。

知道了方位，確認了地鐵，拖著行李搭上車，轉車，再上下車。

我刻意選擇必須經歷不便的旅行，偏好從解決生活遭遇的關卡去建立認知。

年末的東京夜，寒風刺骨，民宿距離車站有一段路，住宅區不像台灣街頭二十四小時燈火通明，雖不至於看不清楚路況，但確實較爲昏暗，可我依然順利抵達目的地。老先生訝異我在整個過程沒有尋求他的協助，從預定住宿，匯款確認，再來便直接現身按他家門鈴，不像第一次出國，不像不清楚日本交通網路，何況我不會日語。

老太太替我泡了杯熱茶暖心暖身。

我說我有地圖。

我拿了機場免費提供的地鐵路線圖，拿了兩張，一張旅途用，一張收藏。

搭電車的時候我盯著地鐵圖，突然感到興奮，心臟鼓動著，然後覺得出現這種生理現象的自己很荒謬，但又有說不出的合理，有點哽咽，我搞不懂自己，可沒時間糾結，因爲旅途已然開始，前方是未知，而我是如此坦然，且毫無懼色。

老先生好奇我的行程安排，問我隔日打算幾點回民宿。

因爲是家庭民宿，和房東同住一個屋簷下，寄宿的概念更強烈，某個程度還是必須盡量配合民宿主人的作息，我表示自己隔天就待在淺草，不會走遠。

簡單寒暄後，我向長輩道了晚安，回到自己的房間整理行李，門外也很快熄燈，頓時有種年節留宿遠房親戚家的既視感，進出浴室盥洗及廁所都格外輕手輕腳，住起來不太自在。加上民宿沒有提供免費Wi-Fi，國際漫遊不便宜，當時沒有吃到飽方案，只能謹慎使用。正當我梳洗完畢躺平準備入睡前，把省著用的漫遊打開，查看是否有重要信件，孰料收到公司主管請託再次幫忙修稿的留言。

老夫妻平日白天不在家，我也不好獨自窩在民宿，左思右想，不想再想。隔天一早默默揹著筆電出門，沒有立刻找地方做事，而是跑去和世界知名的淺草雷門大燈籠拍照，隨著熙熙攘攘的人群走馬看花，直到瞥見豎立在駅前的台東區地圖標示牌。

那是日本獨有的，類似毛筆手寫文字質感的傳統鐵製標示牌。以油墨劃分街區的線條，有把匠人氣韻編排進歲月的心思，有股平和流淌其中，仔細留意可以發現標示牌多出一些旅遊觀光地圖所沒有的在地資訊。

我盯著標示牌走了過去，確認目前的位置，包括剛才走過的路線，以及沒去過的區域，然後發現自己漫無目的地走了好遠，不知不覺來到合羽橋道具街。

滿街的料理模型別有一番風情，鍋碗瓢盆餐廚設備一應具全，是料理人的樂園。可惜我沒有預知能力，壓根不曉得多年以後的自己會熱衷下廚，當時不懂做菜是件多麼療癒的事，全副心思花在觀察食品模型上，但可笑的是我無法接受食品模型。

食品模型，或稱料理模型，存在的目的是具體展示店家販售的餐點內容，就其意義而言，食品模型不追求看起來美味，或仿得像眞的一樣眞。

問題不在於我對模型的審美批判，比起喜歡或討厭，我純粹是生理上不能接受，最直接的反應是無法久視，久了會反胃想吐，而且偏偏是食品模型——和三五好友相約吃美食，才剛到餐廳門口就因爲看見陳列的餐點模型而反胃是否太過荒謬？所以我盡量不多看食品模型，想多了也不行，甚至還出現因爲店家把人氣餐點製作成食品模型而不去點那道菜的叛逆心理。

我想過原因，在記憶中找尋類似的體感經驗，腦海閃現高中生物教室裡的動物標本、埃及的木乃伊，以及之前在台南展出的殭屍——都是曾經眞實生活在世界上的生物呀，到底該說是匠人把模型做得太好，還是我的大腦判斷能力出了問題？竟把本就假的東西當成眞的。

總而言之，分明身不由己卻爲難自己，硬要和食品模型搞起直球對決，認眞研究模型細節，蛋包飯、炸豬排咖哩飯、義大利麵、麻婆豆腐、薯條、壽司、花捲及丼飯等，旁人不知道的看了還以爲我有多喜歡食品模型，比逛淺草寺還講究。

虛假的食物、虛僞的自己，表面平靜無波，實則是賭著氣，到頭來我沒有一秒忘記身上揹著筆電，那份沉甸甸的重量是眞實存在，壓著我，拖著我，時刻提醒著我：肉身出了國又怎樣，一樣無法享受，一樣沒能自由。

當世人無意善待，回頭我更折磨自己。

原來我之所以盡是做些自己都不能理解的操作，是求生本能，是潛意識想要拉開自身與現實之間的距離，否則一個人在大街上沿途裝模作樣有什麼意思？

回憶湧上心頭，胸口一下子鬱悶了起來，連呼吸都得十分用力——或許我沒有自己想像中的惡毒，儘管一味地指責自己，但也許我也曾經心疼過自己。

獨自旅行是這樣，邊爆揍自己邊想著再狼狽也先往前走，總有新發現。

揹著近三公斤的筆電，通過合羽橋道具街區，我終於抵達台東區立中央圖書館，是剛才瀏覽標示牌發現的場所，也是我堅持前進的眞正目的地——我需要找地方放下筆電。各種形式上的放下。雖然不知道應該怎麼做才能平息那股莫名其妙又無處發洩的怒氣，雖然目前找不到方法，但至少不能再傷害自己，各種意義上的傷害。

我乾脆接受現狀，一連三日待在圖書館修稿，趕在第四天交稿。

如今十幾年過去，現在壓根記不得當初被公司主管情勒寫出了什麼偉大的作品，我只記得當時進進出出圖書館，窘迫的自己。

午休時間到LAWSON買飯糰或麵包，偶爾也買零食，投幣販賣機買飲料，坐在公園長椅果腹，觀察當地人事物，還有成天嘎嘎叫的烏鴉。我以爲我想了很多其實沒有，徒步繞遍圖書館附近的巷弄，連日相同路線，獨自旅行意外變成了獨自生活，例如難得鼓起勇氣走進一間定食店，卻因為是獨自一人用餐而被店家趕了出來。

第五天，我終於拆開東京旅遊雜誌，翻了又翻，發現自己確實對東京沒有太大興致，直到翻開最後一個單元，是推薦東京周邊必去景點，其中包括鎌倉、江之島、橫濱、箱根湯本、伊豆等地，兩頁一篇介紹，篇幅不長，隨文附上交通資訊。

仔細對比了地圖，更有幾處遠離了塵囂，這才正式打起精神，決定接下來的假期輪流造訪。

「等一下。」妹妹忍不住出聲喊了暫停，她打破我的敍事時空——我們回到聯繫方便的現在，妹妹在日本，我在台灣，我們越洋視訊，不必額外收費。

「嗯？」

「哪裡？被哪間店趕出來？」她追問。

「詳細的地點不記得了，偶然經過發現的——欸不對，我好像是被大阪燒店趕出去，定食店應該是之後去橫濱發生的事，經過了一間想進去但沒進去的當地餐廳，擔心又被驅逐，最後選擇去連鎖店吃咖哩烏龍麵。」我說。

「要是我在就不會發生這種事了。」妹妹替我不平。

「那當然呀，可惜當時妳還是小朋友，應該還在讀國中吧？剛升高中？」

「嗯……我還沒上台北。」她也開始憶當年。

「不知道爲什麼我一直覺得這段獨自旅行的記憶很魔幻，就很不眞實。」我說，承認自己年輕時候的情緒無法自理也需要莫大勇氣，一個人無腦地跑出去，跌跌撞撞溜回來也不吭一聲，連當成玩笑話開口自嘲都很難，所以沒特別和誰提過。

「嗯。」

「仔細想想，那間大阪燒店不接待我也不能算是歧視，我到現在還記得很清楚，當時推門進去發現是一名老奶奶，她完全不會英文，我又只懂幾句簡單的日語，老奶奶理所當然會感到慌張吧，因爲陌生，因爲不熟悉，而且想也知道我當時的進退應對也一定做得不夠好。」我說。

我一直不太懂事，莽撞，又敏感，沒能力意識到自己嚴重被情緒影響判斷，現在回想起來並不是不能理解對方的情況，自嘲不知道爲什麼明明怕生還硬要挑戰一些當下做不到的事，眞是個搞不清楚狀況的麻煩精。

妹妹倒是理解我，說這很正常，試著去做但做不到，比什麼都不做要來得強。

「已經很久以前的事啦。」

「二姊姊看起來就很好欺負啊。」妹妹半開玩笑地說，我倒是認眞想了一下。

「是嗎……難怪啊，那天的前一天，我在秋葉原也被無視。」

「什麼情況？」她大概心想怎麼什麼事都能被妳碰到？

「就我忘記帶轉接頭，民宿也沒有，老先生推薦我去秋葉原買，距離不遠，我就去了，那時候不知道要去Yodobashi，路上隨機看見藥妝店大小的電器行走進去就找到轉接頭，後來排隊輪到我結帳的時候，我把東西放上櫃檯，店員看也不看用手移開我要買的東西，低著頭繼續做他的事，沒有給我一個解釋，按照我解讀他的肢體動作，應該是要我別把東西放在櫃檯上，這是我當時的意會。」

「是不是上一位客人還沒結帳完？」她提出質疑。

「沒有，前一個客人結完帳，他東西也拿走了，我才放上去的。」

「那店員在幹嘛呢？」她很是納悶，想搞清楚實情。

「店員？他在櫃檯裡面啊，和收銀台搏鬥之類的吧，或者櫃檯底下有必須先處理的事，老實說，我沒看到，也看不到，又不敢踮腳探看，當然這也只是一分鐘的事，雖然現在回想起來體感時間好像很長，心情影響的關係吧。」

「他不是應該先幫妳結帳嗎？」妹妹疑惑，猜測是內部出了問題，否則對方的行爲舉止不合理，一般流程還是不可能出現這種服務態度，至少在日本絕不可能。

「是不是？是吧？他如果遇到什麼問題沒辦法馬上結帳，可以開口請我等一下，講日文也無妨，我當時應該是被晾在旁邊看他的臉色卻沒有一個解釋，對於那種情況感到全身緊繃，更覺得心累吧——當然啦，我自己也孬，也沒敢開口問就是了，還先把東西從櫃檯上拿起來閃一邊去，結果一下子其他客人拿東西跑去結帳，他就直接替對方結帳了。」

「他會不會其實根本不知道下一個結帳的客人是誰啊？」她尋找合理的可能。

「嗯……我覺得他應該不知道，後來的客人也不知道，對方跑來結帳的時候，我剛好退開，大概就是在那個時間點陰錯陽差吧，對方不知道我遇到的這一趴，不過，該怎麼說，可能因爲當下太不知所措了，處理情感的機制一下子變得混亂，突然不想再面對這個店員，把東西放回去架上就離開了。」

「蛤？結果妳沒買？」

「嗯，沒有，受不了，我整個玻璃心，感覺被拒絕了，臉皮又薄，覺得委屈受傷吧。」我仔細回想當初的遭遇，事情並沒有嚴重到非得憤而離去的地步，何苦自憐自責，但我還是必須尊重當時的那個我。當時我的確脆弱易碎，深陷受害者情結當中，這件事便是壓垮駱駝的最後一根稻草。

人生每個階段都有自己的課題，顯然彼時我必須學習的是表達——例如拒絕情緒勒索，不該自己動手收拾的不要硬扛；受到不合理的對待應該立即反應。

現在我會試著表達自己的感受，不去苛責自己是否矯情，我覺得受傷就是受傷，覺得委屈就是委屈，無論如何要先接受自己的情緒，而不是扼殺自己，一旦直面確認自己當時情緒的大小、重量、模樣，相對地也比較不會放大自己的感受。

「要是我才不管他咧，東西有買到就好。」

「的確，妳好像會那樣，而且也不會等到最後才發作，妳一開始就會反應了。」

我想像了一下換作是妹妹遭遇同樣的情況會如何收場呢——沒有，沒那回事，妹妹不會對店員無禮，但也絕對不可能委屈自己。她對於不在意的，徹底不在意。

「對。」

「嘴巴是個好東西，就算不拿來說話，至少拿來溝通，對吧？可惜我當時就是個小孬孬，也不知道在沒自信什麼。」

「所以其實妳在出國之前就已經累積了很多情緒，覺得受了委屈但又壓抑，沒有好好表達自己的想法，好不容易熬到最後逃出了國，又狠不下心不理他們，擺脫不了情緒勒索，難得的旅行也不像旅行，好可惜哦。」

「總之我就是一個把日子過得很糟糕的笨蛋。」

「妳就濫好人啊。」妹妹直白地說。

「喂欸——」

「那然後呢？就眞的沒買轉接頭了嗎？怎麼寫稿？」她拉回主題。

「之後隨機去了Yodobashi買到啦，然後就覺得——天啊，連鎖量販店好棒棒啊，在裡面隨便閒逛也不會有人刻意過來招呼，雖然結帳還是要面對店員，我也會緊張，所幸一切順利。」我體悟良多。

原來我偏好連鎖量販店的制式化流程，包括店員的應對進退也有標準流程，我偏好那種氛圍，不帶任何情緒的那種，我不需要親切，我不需要臆測，我不必感受太多，特別在獨自旅行的時候，我只想好好地梳理自己，透過獨處，透過窮遊。

在交出主管額外委託的稿件之後，旅行的第五天開始，我毅然決然地離開東京，去了橫濱，去了湘南，也去了箱根，日日步行萬里，我吃的穿的用的玩的幾乎都去連鎖店解決，若一時半刻找不著店，像關於吃的，我選擇去設置販賣機販售餐劵的店家，例如拉麵店。要是因爲不諳日文而錯買餐劵，我也心甘情願當作大冒險。

現在回頭去看已然平心靜氣，和秋葉原電器街店員的相遇及其過程，本就是件微不足道的小事，只不過湊巧那是我第一次在日本購物的經驗，畢竟接觸任何人事物，初體驗至關重要。因此儘管十多年過去，仍舊印象深刻。

縱然我不是二元對立的性格，仍不可避免地對東京心生芥蒂。時至今日為止，我依然覺得東京是座冷漠的城市，每當誰提及東京人淡漠，無論對方正談論的是誰，或向我描述哪種情境，我腦海裡第一時間一定閃過那名電器行店員，即便早不記得他長什麼樣子。他變成一種符號，永遠站在那天的那個位置，頭也不抬地推開商品，面無表情地拒絕結帳。

坦白說我經常想起這件往事和這名店員，因為總有機會、總有人提及東京的淡漠，過去每每回想便能感覺到心裡有些許的不自在，胸膛向內有股陷落感，同時進入一種非常私密的個人反思狀態，我好像因此被動思考了很多年——

那位店員本來只是我短期記憶的一瞬間，卻因為我難以釋懷當初無法自處的自己，讓恰巧在場的他住進我的長期記憶裡了。

「現在出國絕對不可能忘記帶轉接頭，也算是記取教訓。」我笑著說，之後每回出國第一個想到要準備的用品便是轉接頭，甚至多買了顆全球通用萬國轉接插頭。

「可能就是遇到個案吧。」她隔著螢幕向我舉杯，我和她碰杯。

「先是轉接頭，再來大阪燒，前後發生，換作現在我會當是排毒吧。」

「嗯。」她思索了一下。

「已經很久以前的事了。」換我向她舉杯，和她碰杯。

「那，到底──妳為什麼去東京想吃大阪燒？」她純粹好奇發問。

「我……好像……沒想這麼多……」我得承認我和以前的自己不太熟。

「我想也是，沒關係，下次妳過來，我們一起去吃大阪燒。」

「哦？原來眞的是這樣啊，法律規定大阪燒一定要兩個人一起才能點來吃。」

「誰說的？」妹妹蹙眉。

「就那位淺草奶奶啊。」當時奶奶一直向我比二的手勢，我記到現在。

「才沒有那種法律──！」妹妹聞言勃然。

唔？奶奶總不會是跟我比ＹＡ吧？

11

九歲吧，第一次學習四格漫畫，第一個設計的角色名叫蟑螂人。蟑螂人是同名漫畫，顧名思義，參考原型是蟑螂，人物設定是笑著講幹話。故事內容具體不復記憶，倒還記得怎麼畫蟑螂人，因爲我特別注重角色的扮相，花費了許多心思設計——眼戴方框墨鏡，頭頂京劇武將的盔頭，插著兩根長長雉尾，披著披風，穿半筒靴，舉手投足充滿謎之自信。

爲什麼九歲的孩子懂得去設定主角有笑著講幹話的特質？我至今不解。九歲不喜歡當個甜美又夢幻的小淑女小公主，也沒有臨摹或仿製《少年快報》裡酷炫又帥氣的漫畫人物，反而選擇了寫實的活體蟑螂作爲角色原型？

難以理解九歲孩子的腦迴路，即便讓我回到過去也一樣，我不了解那個孩子，我不了解她，彷彿當初做這個決定的雖然是我，確實是我，好像也不是我。

然後我想著——或許，我們一生之中並不一直是同一個人。

當我們以爲我們的靈魂主宰軀體，事實並非如此，軀體才是眞正的主宰者。

類似電腦運作，我們的血肉是處理器，負責維持生命，軀體像一顆硬碟，負責儲存這輩子從出生至死的所有紀錄；靈魂是快閃記憶體，被廣泛用於記憶卡裡面。

聽聞人類的靈魂一片一片，對比快閃記憶卡一張又一張，所以說靈魂長得像快閃記憶卡，記憶卡負責行動，負責不斷書寫，允許對資料進行多次加入、刪除及覆寫，並且我們可以把快閃記憶卡內有價值的檔案轉存至進硬碟裡面，永遠收藏。

軀體硬碟需要倚靠靈魂記憶卡去不斷經歷過程，書寫事件達到一定的數量，交織成意義，我們便擁有足夠的勇氣失去，獲得再生的意志，屆時自然翻篇。並且就在翻篇剎那，靈魂一併被更換，像電腦換了一張新的記憶卡，提升更高效能。

不同容量的快閃記憶卡代表人生不同階段的課題。

一張卡一個課題，小容量小課題，大容量大課題，都是相應的課題，但凡完成當前的課題，該張記憶卡的容量便也滿了，靈魂進階了，我們覺醒了，成長了。

人生是這樣的，我們憑藉著血肉之軀，透過行動不斷蒐集我們認爲有用的價值，滋養此生，每度過一道坎，更新一次自我認知。

舊的靈魂被更換，新的靈魂無縫接軌承接軀體裡的所有紀錄。

當意識到我們不再是過去的我們，我們回想過去，是翻閱軀體硬碟紀錄的內容，而非懷念被換掉的靈魂本身，我們沒有它離開軀體之外的書寫紀錄，包括它的感受。

事實是，我們很難察覺靈魂被置換的瞬間，因爲軀體多數時候能夠利用紀錄成功欺騙我們。而靈魂是無私的，是全然給予的，所以大部分的人一輩子都不知道自己換過好幾個靈魂，另外也有人可能偶然在事後才察覺被置換，只不過，那股思緒無法堅持太久，軀體會立刻拽你回當下繼續你的書寫，殘酷又有效率。

值得一提的是，置換的關鍵不在於遭遇事件有多重大，那是一種書寫積累的過程，寫著寫著，自然感知到一件微小卻顚覆自身價値觀的事，於是上一秒的我和這一秒已然不同，這不是比喩，也不抽象，換一張卡，便是眞眞正正的不同。

我們因爲過去累積的經驗而獲得成長，想法逐漸成熟，變得更社會化，可以圓融應付生活裡每件事，往更好的方向前進，卻也偶爾沒來由地惆悵，那是因爲我們每回調閱軀體紀錄的時候，潛意識多少感傷書寫這段紀錄的靈魂已經不在。

那是一張連一句再見都來不及說的快閃記憶卡。

未來會不會也有下一個我能夠察覺到現在的我已經被汰換了？

隨時可能，或許已經。

12

我繼承父親傑出的方向感，幾乎不曾迷路。

但凡去陌生的地方，確定了方位，大致瀏覽地圖，開車不需要導航。我的開車技術亦師承父親。父親是車神，駕車穩定又舒適，再糟糕的路況都能夠淡然處之，給足家人安全感。身爲一個從小耳濡目染到長大掌握方向盤開車上路的，我父親的孩子，雖不比車神名號，我在朋友圈裡也算是優良駕駛。

印象中有次難得載三五好友出遊，大夥路上開心話家常，唯獨坐在副駕的朋友話變少，我留意到他可能緊張，又不想表現出來，幾次好聲好氣提前幫忙指路。

這其實很影響行車安全。

記得學開車之初，爲確保行車安全，車神首先灌輸我一個重要的觀念——當妳掌握方向盤，妳就是老大，前方的路該怎麼走由妳決定，絕對不要心虛耳根子軟受他人指揮。而按照我的認知，除非駕駛眞的迷失方向，主動出聲尋求幫助，乘客盡量別在一旁指手畫腳，不尊重駕駛是一回事，主要是容易令駕駛分心造成危險。

我知道副駕友人沒有惡意，他只是不習慣方向盤不在自己的掌控之中，更何況相識多年來這還是他第一次搭我開的車。

當我意識到對方的不安，沒多說什麼，至少沒有情緒，行車過程也幾次在確保安全的情況下接受他的指揮，讓乘客保持良好感受的乘車體驗，這讓對方逐漸安心，開始信任我的技術，被同車好友提及的八卦話題轉移了注意力，冷不防地吐槽對方，恢復以往毒舌本性，跟著大夥笑鬧了起來，整個人變得自在許多。後來甚至其他好友開玩笑質疑我不小心繞了遠路，他立刻表示每個駕駛都有自己習慣的路線，乘客老實點，不要多嘴。當聽見他說出這句話，足以證明他默默認同了我的駕駛技術，我保持微笑，依然沒多說什麼，直到他莫名羞赧地笑出了聲，我問怎麼了，他才緩緩開口：

「欸妳開車也太帥氣了吧？好像男的，沒人和妳說嗎，連我這個男的都慚愧了，這樣那樣很流暢欸，還很穩。」他邊說邊模仿我單手轉方向盤的姿勢。

「好像男的？你這話到底是誇我還是？」

「當然是誇啊！不然咧？我沒見過其他女的像妳這樣開車。」

「呃好喔，謝謝你嘿，雖然覺得你有越描越黑的嫌疑，還是謝謝你啦。」我笑著接受他的稱讚，沒有再繼續挑他的語病，也沒有深究他的思維模式。

我過去經常從男性口中聽到類似的認同，儘管從他們的神情語氣直觀更像因爲我是女性，詫異我的開車技術竟然值得五星好評，無論如何，我當然是以他們並無惡意的心情解讀他們毫無修飾的表達，當他們稱讚我，意味一併稱讚我父親。

坦白說這件事我自己也有發現，我開車的姿勢不知不覺隨了父親。

過去我因爲開車技術收獲稱讚，腦袋裡第一時間浮現的是父親，我現在的游刃有餘全是父親替我打下的基礎，我連駕照都考手排，因爲家裡開的是手排車。

朋友聽了說我自討苦吃，何必執意考手排？多此一舉。

「不是啊，如果我只懂自排，搞不好萬一哪天突然迷路在荒山野嶺，又餓又累，路邊剛好停著一輛車，插著鑰匙，油箱還有油，還可以發動，但偏偏它是輛手排車，怎麼辦？如果不會開手排車就只能原地等死了，又或是說，我爲了活命硬要開手排車，就這麼踩油門直接暴衝摔下山崖，那也是死路一條啊，感覺很不妙。」

「我怎麼覺得會煩惱這種不可能發生的事更不妙？」

「凡事總有個萬一嘛。」

「妳一開始的設定就不切實際了啊。」

「會嗎？被丟包在荒山野嶺也不是不可能。」

「唉，我是說妳不會迷路。」

這句話即便說了一百遍，我還會再多說一遍——我是如此禁不起萬一。

我沒聽勸，報了手排，頭幾次駕訓還在摸索，熟悉操作後覺得開車是小菜一碟，天生能夠輕易掌控方向的優越感讓我迷失了本心，暗自嫌棄教練教導得太基本。心態沒擺正，或許是擔心女兒變成馬路三寶，父親提議陪我練習道路駕駛。我當然好。

車開到荒山野嶺，父親換手讓我上路。對比我因爲實戰難免緊張，父親坐副駕，母親和妹妹在後座，個個神情從容。父親一次都沒有握住副駕上方的把手，也不緊張，媽媽看著窗外的風景，妹妹呼呼大睡，全車就我一個人膽戰心驚。

山上坡道多，彎彎繞繞也多，車神版本的「道路駕駛」無法預期路況，我經常顧此失彼搞得車子在行進間熄火，父親起初會指點我該如何改善，要是不小心再犯，他也不著急，靜待我自個處理，並無過多干涉，於是我的膽子又漸漸變大。正當我憑感覺抓到訣竅，路駕不知怎地被調整成困難模式。

眼前山路變成上坡小徑，途經道路施工，一輛怠速的砂石車停在路邊，佔去大半路寬，駕駛探出車窗大聲嚷嚷，指揮車輛快速通過。我伸長脖子看了一下，目測會車可能刮到砂石車，另一側偏偏是山溝，稍有不慎，車會掉下去，天人交戰之際，後面又來幾輛車堵住我的退路，與此同時，前車成功通過，接下來輪到我。

本來打算冒險硬闖，卻在關鍵時刻陷入一股我絕對開不過去的恐懼當中，忍不住踩了剎車，對向車道也堵了幾輛來車，駕駛的目光迎面直勾勾盯著我，壓力值爆表，工程人員站在我車前指揮，我硬著頭皮一邊拿捏砂石車及山溝的距離，一邊以龜速緩慢往前移動，砂石車駕駛對我破口大罵——不會開車就不要開！

隔著車窗挨罵，我看了父親一眼，心想該由父親接手處理比較快。

孰料父親沒這個打算，悠悠地說，如果會車覺得開不過去就不要動，不要因爲被罵就亂了陣腳。開車的是妳，妳先動了，刮到車是妳的錯，掉進山溝算妳衰，是妳自己造成的，不關他們的事，他們不需要負責任。

說罷他依舊沒有和我換手，僅口頭給了調整指示，我專注把方向盤操控好，最終成功通過路段，逃出生天。

原來車子過得去，原來按照我的能力也開得過去，原來父親早就知道了。

有時候是這樣，答案就擺在眼前，我們不覺得那是答案，因爲還不是時候，時間會讓答案變成答案，時間給我們機會頓悟，眞正意義上的長大是在頓悟那瞬間，與年紀無關。我也是等到眞正長大才意識到，父親講的是會車，其中也蘊含人生的道理——人生在世，很多時候不是眞的過不去，而是以爲自己過不去，所以不敢再前進，然後，然後就眞的什麼都過不去了，路也好，人也好，世界都停滯。

父親之所以堅持不換手是要我頂住壓力成爲一個解決問題的人，並非自怨自艾的落難者，如果當時因此生出了陰霾，我可能再也沒有勇氣開車。

類似的震撼教育不只一次，結論是我得到了足夠的教訓，但沒有失去自信，這從妹妹後來替我的開車風格取了個「公路小霸王」的綽號便可一窺究竟。

我在拿到駕照後不久有次載家人出遊，天黑回程奔馳在高速公路的中線車道，我留意到外側車道有輛聯結車突然打左側方向燈，這意味對方要切過來我所在的中線車道，問題是聯結車與我前後相隔不到一輛車的距離，要是他現在變換車道，肯定出事。我繃緊神經，無法猜測聯結車駕駛者的意圖，然而對方除了持續打著方向燈外沒有下一步，雖然肯定自己不在他的視線死角，爲了避免危險，我盤算切到內側車道，才這麼想，突然一輛行駛在內側車道的白色房車從後方疾駛前去，咻的一下子，像陣風呼嘯而過，我連傻眼的時間都沒有，目睹白車在前方十幾公尺處打轉。

高速公路一切意外都在行進間發生，所有車輛往同一個方向高速行駛，但凡其中一輛發生事故，其他輛極大可能也會連帶出事。

原來內側車道橫插著一輛黑色房車，白車因爲要閃避黑車，高速行駛中急剎車，導致車子失控打轉——當我看清楚並意識到事態嚴重的時間不到一秒，隨即也得做出反應，眼睜睜看著失控的白車從內側打轉到中線，又轉回內側，雖然沒有撞到護欄，可也沒能憑一己之力停下來，我大膽判斷自己不會碰到白車，猛地踩了油門，俐落地閃過白車，加速離開，解除了危機。

然而我的果決判斷及華麗的閃車技術並沒有被車神稱讚，反而被罵得狗血淋頭。我還丈二金剛摸不著頭腦，父親表示面對白車還在打轉的情況下，我千不該萬不該做的就是踩油門，因爲我根本無法預測白車接下來的打轉路徑，或可能隨時再轉出來，萬一運氣不好，若我又擅自加速疾駛，哪怕只碰到一點點，我們也會被撞飛出去十萬八千里，後果不堪設想。

向來遇事泰然處之的車神一下子氣急敗壞，深怕我不明白事態嚴重性，他見我始終不發一語，耐著性子說明原理，他沒有想過我的反射性動作竟然如此瘋狂，我也是仔細回想了一下才認知到自己是多麼魯莽，才知道後怕。

我也在事後馬上理解到聯結車不斷閃左側方向燈的善意——聯結車的駕駛座位比較高，視線看得比較遠，司機是先看見黑車出事才刻意打方向燈示警，提醒後方車輛留意前面有事故。

「我現在有經驗了，下次遇到就知道怎麼處理了。」我保證。

「還有下次？這種事一輩子也不會有一次。」父親難得提高了音量。

也就是說，我就只有開車的姿勢像父親，脾性不像，難不成是隨了母親的率性？母親聞言笑了笑，她先接過父親遞來的高山茶，優雅地啜了一口，點頭稱許父親這回浸泡時間掌握得還不錯，這才娓娓道出了父親年輕時候發生的趣事。

某天夜裡，父親結束工作開車從外地返家途中，經過十字路口，明明眼前是綠燈，開在父親前方的房車不知何故突然急停，父親見狀及時踩剎車，沒有造成追撞，與前車貼得很近，差不多是屁股貼住臉的程度。儘管心裡很是惱怒這位三寶駕駛，不過父親不打算追究，他一心只想回家洗洗睡，萬萬沒想到就在這時對方怒氣沖沖下車和父親理論，先發制人抱怨父親開車開太快了才會剎不住車——

「咦咦咦咦!?不是他自己綠燈突然停車的嗎？」我錯愕地看向父親。

「是呀。」換父親接著憶當年，手邊沒閒著，又仔細地沖一次茶。

「他好意思惡人先告狀？」

「喔，他很好意思喔，下車開口就先罵我跟他車跟太緊，整個肩膀挺得很高，手還作勢，我就搖下車窗，看他衝過來一直罵我。」父親邊描述邊表演對方氣勢洶洶的樣子，還有自己搖下車窗靜靜盯著對方看的表情，我可以想像衝突一觸即發。

「那直接報警嗎？警察有來嗎？」

「來啦，警察來了也沒用，他堅持要我付修車費。」

「不是說沒撞到？」

「我跟他說了沒撞到，警察也說沒有，他還是堅持有。」父親啼笑皆非。

「是我遇到這種眞的不知道要怎麼辦欸……然後呢？」

「然後我就踩油門，直接撞上去。」父親抿嘴一笑，我聞言愣了一下。

「怎麼可能？哈哈哈哈——！」我笑著回應，到底誰會這麼衝動啦，再怎麼生氣也是，既然當下人車平安，其他交給警方處理卽可，我轉頭看向母親，只見母親揚起一抹高深莫測的笑容點了點頭示意——妳老爸眞的敢就這麼跟人家硬幹哦。

「他罵太久了我腳抽筋。」父親一本正經說幹話。

「這樣故意撞沒事嗎？警察怎麼說？」我問，現行犯怎麼可能不被抓？

「沒有——我不是故意的哦——警察問我爲什麼這麼做？我有說因爲他一直罵我，

罵得我壓力越來越大，心裡很害怕，腳一直發抖，不小心誤踩油門就撞到了。」父親一臉無辜解釋。眼前的父親彷彿一秒回春意氣用事的年輕模樣，我完全可以想像當時在場的人聽了這番說詞會有多傻眼。

「那……不就眞的要賠了？因爲眞的撞到了呀。」本來沒有的事變更麻煩了。

「反正他都要修了，撞爛一點再修比較划算。」

欸不是，您這話沒說服力呀，車神。

13

我不常旅行，多年來之所以造訪台灣許多地方鄉鎮，全拜從事影視幕後所賜，特別是早些年做過電視暨電影美術，及參與紀錄片拍攝，成天開著廂型車和劇組同事上山下海到處跑，每個案子皆可視作一趟走進當地且得認真生活的深度旅行。

舉例美術組。

從前拍攝公視單元劇會待在小規模的劇組編制裡，美術組沒有明確分工，舉凡場景格局設計、改結構、攪水泥、施木工、做質感、跑道具等，樣樣得自己來，製片視情況撥人力協助，各個場景必須按日程輕重緩急在戲正式開拍前盡快打造完成，因此美術組要比其他組別先進駐現場，大多時候美術組得自力更生。

開拍前的現場少有人來，有限時間內的待辦事項有一百件，須要回應的不只一百件，這段自力更生時期雖說勞苦，卻也是我個人比較舒適的時光。

假設拍攝地點不在資源相對容易取得的守備範圍，熟悉的雙北地區，那麼初來乍到，首先我會跟著製片向當地村里長拜碼頭，和在地商家打好關係，如此一來很快便能對當地瞭若指掌，村莊周圍聯外道路包括羊腸小徑摸得一清二楚。許多巷仔內的小吃也是，吃的是每日勞苦施作告一段落，一骨碌坐下果腹的氣氛，而非美味。一碗乾麵一口清湯一解疲勞，明日又是一條好漢。

偶爾故意探尋岔路，然後在下個紅綠燈路口巧遇日前在麵攤有過一面之緣的里民，搖下車窗，風拂臉龐，我主動禮貌問好，再接受對方的指引離去，道別變得輕易，隨口僅一句再見哦，念念相續，回頭我們會在麵攤併桌談天說地——我與當地，和當地生活的人們之間產生了眞正互相感應的連結，關係被展開，倏地立體了起來。

時至今日，回想仍津津有味，我始終慶幸自己能藉口工作，哪裡都能去，以合理的方式自然融入人們，沒嚇著自己，也沒驚著誰，到頭來積累的全是寫作的能量。

另一方面，就我個人的工作性質而言，由於相對承擔責任的面向不同，應對情況也有所不同，若是擔任編劇或導演組的職位，沿途再美的風景於我也只會是成為場景之一的選擇，無法盡情徜徉，只因現實是虛構的基石，一切都是未完成式。

在劇本裡建構世界，在世界裡解構劇本，還原寫實，描繪腦袋的想像，再透過勘景盡可能找到條件相符的地點。當下看見的山不是眼前的這座山，看見的海不是眼前的這片海，樹非樹，花亦非花，那個時候基本是在虛實之間遊走各地，更像遊魂，簡言之就是容易分心，所以我不會自己開車，絕對是危險駕駛。

換個角度思考，我也經常出門，只不過不是肉身旅行，而是靈魂出遊。節省旅費也好，想像力豐富也行，凡事一體兩面，存在優點，也滋生弊端，例如容易缺乏現實感，失真感籠罩，與外界交流不易，距離拿捏亦然。長此以往，就精神層面而言還是挺辛苦的，過猶不及。

也因此，當意識到靈魂出遊的歲月幾乎佔去我的前半生，倏地一下子遭受百萬爆擊，向來自視甚高自認自覺自控，結果陷入慣性而不自知，我懊惱自己的後知後覺，悟性低，伴隨而來的是急躁，情緒攪和在一塊的感覺讓一切變得更淒涼。

我耐住性子，告訴自己，千萬不能再傲慢地說出反正也不可能更慘了的話，如果不是真的這麼想就別隨便講，意氣用事的話，地獄直達驚喜大禮包很快會送到手中。這回我盡可能縮短自暴自棄的時間，近年開始學習把重心放在肉身旅行上，以不好高驚遠爲前提，展開一系列旅行練習，練習在自己的住處旅行，到巷口的公園旅行，去搭公車五站的黃昏市場旅行，也去了附近的河堤旅行，只爲活在當下。

再有一天，再平凡不過的午後，我徒步旅行大稻埕。

去了趟咖啡廳，短暫見了朋友，之後走在前往進興堂中藥行買白胡椒粉的路上，走著走著，走著走著——突然之間，周遭鼎沸人聲傳進耳裡變得清晰，雙眼看出去的景象變得異常明亮。先耳朵，再來眼睛，漸漸地，微風拂過肌膚的觸感也變得敏銳，五指張開，手心向上，又向下，因爲體感神奇，不由自主地反覆數次。我明確感知到有某個部分具體變得不一樣了，無論是我，還是世界，可又一時說不上來，就這麼不動聲色好長一段時間，直到有天察覺自己主動點了涼拌小黃瓜，吃著覺得清爽，心想回頭試著做不難——

直到我獨自享用一整盤醋溜木耳，驚艷它的美味，像這輩子第一次嚐。

14

我正在寫一部長篇小說。

二〇一五年八月結束一場家族葬禮之後，至今寫了八年。

故事從醞釀、田野調查到落筆結構，越是展開，越覺得深刻，從人物的起心動念引發層層交織的具體情節，明確傳達故事的核心，當我以爲就這麼一路創作下去便可自然抵達目的地，沒料到中途思緒莫名複雜了起來，停筆發呆繞圈的時數越拉越長，無預警陷入卡關漩渦，我不得不被迫放緩腳步，獨自心煩意亂。

類似的寫作週期，八年至少八次，再強壯的心志也可能在精神力反覆起伏的過程被消磨殆盡，生活也相應出現問題。早些年還能不管不顧找三五同行朋友互相訴苦，直到歲數漸長才發現很多時候我們心有定見，借酒澆愁沒太大意義，加上和先前遭遇編劇卡關的情況不同，不是受案主委託撰寫劇本，而是撰寫自己一直以來想要完成的故事，更沒有立場抱怨，所有的煎熬都是自己的選擇。

我大概是從第三年開始逐漸不再焦急地抓著誰拚命訴衷情，一方面不知從何說起，一方面也覺得人生在世，誰身上沒一兩個苦衷，如果不是說出來能讓彼此變得更自在的話，說了也是平添空虛。倒不如見了朋友，和朋友一起找點新鮮事做更有趣。

仔細想想，我好像從來沒有和妹妹聊我寫的故事，她也幾乎不問。

唯獨面對妹妹，我沒有任何說與不說的困擾，她總是站在一個適當的位置，適當地對待我。她在台灣的時候和我同住，去日本也和我保持聯絡，工作再忙，她會捎來平日的問候，分享有趣的動物影片——或許眞如親友所說的，妹妹更擔心我吧。

妹妹和我經常跨海視訊，一旦連線，我們往往會先一起安靜吃飯，偶爾話家常，她想念台灣的鹽酥雞、蚵仔煎、藥燉土虱和大腸麵線，還有媽媽煮的家常菜，尤其是我挑食不吃的，她統統想念至極。又，我喜歡聽她分享和同事之間發生的趣事，她的同事一個比一個奇特，成天出亂子，其中最令我印象深刻的是一位名叫小島的男孩。

小島的家住在東京首都圈外，某天夜裡小島下班耽誤時間，趕不上末班車回家，跑去警察局自首，禮貌地對著警察說請逮捕我吧，警察聽了摸不著頭緒，反問他犯了什麼罪？

小島不假思索地老實回應，如果被逮捕的話，他就可以在警察局睡一晚了。

警察哭笑不得說，你沒有犯罪，我們沒理由逮捕你，你也不可以睡在警察局啊！

在警察的關切下，小島硬著頭皮打電話拜託另一個也住在首都圈外的男同事大野開車去接他，隔天被苦主爆料，咖啡廳全員爆笑，這不是小島第一次異想天開。

可以肯定的是，這絕對不是國籍問題，而是小島的個人特質。

我忍不住好奇詢問小島的出身，這才知道小島現正就讀慶應大學研究所，我聞言立刻舉手喊了個暫停。

「待って，慶應是那間日本排名前十大厲害的名校？」如果我沒記錯。

「對啊，小島唸數理研究。」妹妹說。

呃……原來如此，我瞬間理解了什麼，這就是所謂的反差萌吧。

一般來說，戲劇或動漫出現小島這類性格的人物角色，九成九是超高人氣角色，因爲有了這個層面的想像連結，加上沒有實際見過小島，我竟然擅自把小島想像成漫畫人物，連回想他的搞笑事蹟都是以漫畫分鏡呈現在腦海裡，不愧是一個後勁很強的人物啊。雖然這麼說十分失禮，然後一旦接受了這種設定，我不想見到小島本人，照片也不看，這就像我超級喜歡的漫畫被改編成眞人電影，任何選角我都不可能滿意。

小島讓我想起高中隔壁班的蔡同學，也是理科高材生，他在上課期間得知自己推甄上最高學府，直接衝出教室，邊繞著操場奔跑邊大聲歡呼，老師喊停他不聽，就這麼跑了好幾圈，跑著跑著，還能越跑越快，最後在衆目睽睽之下無預警跑出了學校。由於跑得實在太快，老師騎摩托車好不容易追上他，他正好跑到家和媽媽報喜。

蔡同學衝出學校的瞬間像衝破枷鎖，攪亂了高壓教育制定的嚴格規範。他的狂放不羈鼓舞了圍觀同學，他自由了，好像我們也自由了，即便到了現在，任何時候回想起當初那位平日裡端著架子，高高在上的老師狼狽追逐蔡同學的身影，扭曲歪斜的世界頓時變得滑稽可笑，沒那麼無藥可救。

聰明的孩子帶頭造反，不是因爲覺得自己被禁錮，他不在乎，他專注於自己嚮往的，眼裡沒有其他，只是因爲他天眞。

將浪漫進行到底的孩子怎麼可能不討人喜歡。

聽著妹妹分享異國生活裡遭遇的奇聞軼事，讓我短暫抽離現實面臨的種種難題，幫助我跳出框架思考，哪怕僅僅是回憶起往事，也能獲得啟發——雙手若握得太緊，肺臟難做深呼吸，儘管起心動念其來有自，再往後也得順著流走，反派沒有那麼多算計，人與人之間的化學效應往往才是眞正意想不到的。

妹妹壓根不知道她說的話會對我產生什麼作用，提及小島的無厘頭也純粹博君一笑，我聽了，笑開了，鬆動了，一旦不糾結，我便能自己意會該意會的。

我想通了，笑了笑，嘴上又說了一遍小島眞搞笑。

「我乾脆直接把小島寫進故事好了，他的人設太有趣了。」我笑著說。

「反正小島又不會知道。」妹妹跟著一搭一唱。

「那個去接他的同事也很有義氣欸，已經回家了還願意再出門。」

「就大野呀，大野性格比較溫和，對誰都溫柔，有時候假日出去也是他開車。」

後來經妹妹提醒才知道，大野正是當初護送妹妹去御茶ノ水駅的兩大護法之一。

「要不然乾脆把小島和大野湊成一對吧？」我胡謅一條ＢＬ線。

「妳最近寫的不是愛情劇吧？」

「對啊，不是，現在寫的是刑偵，忙著緝凶辦案，故事主軸和分支都沒有愛情線，看樣子只好讓他們變身福爾摩斯和華生，展開一場華麗的大冒險。」我亂七八糟和妹妹提議超展開的劇情，妹妹也隨我口頭胡鬧，話題不斷跳躍，天馬行空。

妹妹的朋友也像我的朋友，即便我沒有見過他們，或說，即便讓我親眼看見了，也沒能記住他們的樣子，例如大野。即便如此，我依然單方面覺得和他們關係親近，因爲他們發生的趣事與妹妹生活的足跡交織在一塊，而我是聯集的一部分。

明明是眞實存在的人物，這些人一個個卻像漫畫裡小說裡蹦出來的角色，有時候甚至連帶妹妹在我眼裡也變得不眞實。手機就像媒介，透過視訊畫面，連結到另一個被創造出來的世界，他們在故事裡，活在日劇裡。

在這之後過了五年，直到現在，我沒有把小島寫進任何故事裡，大野也沒有遭到我的毒手，總覺得把他們放進小說，像剽竊誰的作品。

15

我喜歡地圖，也蒐集地圖，腦袋有內建自動把平面轉換成實景的功能。

我也把走過的路和看過的風景轉變成地圖，建構一個世界，描繪無數的故事。

當我構思一個全新的故事，腦海首先浮現的是場域。舉例其中一種，將關鍵人物的初登場作爲起點，事件的開端，延伸至另一個地點，再推進下一個地點，以此類推，勾勒出同一時間發生事件的地點，擴展成一張完整的地圖。

這張最初的地圖具有承先啟後的含義。

之後任何情節的發展便自動在腦海裡的地圖轉成實景，四通八達的路線圖、地形的差異、聚落分布，是城市，或鄉野，河川流經大樹旁，廟宇相伴，單行道、四線道、交叉鐵道，地圖上出現的每一個地點都是線索，環環相扣。

人物的性格因爲他們在這張地圖活動的分分秒秒開始形塑，他們遵從自己的心性做出選擇。所經之處，處處生出人氣，例如貪圖一杯榕樹下涼水攤的現打果汁，誰通風報信，誰百無聊賴坐在村頭的五營前，誰步步逼近，誰被逼入絕境闖進稻埕廝殺，誰熟門熟路，千鈞一髮正好列車經過柵欄鐵道，誰逃之夭夭，誰插翅難飛。

終究我們不一定能成爲自己嚮往的樣子，小孩長大可能依舊可愛，也可能不自覺變成自己曾經討厭的大人。現世的我們如此，故事的他們也應當如是。

我一直認爲世界上不存在偶然，人與人之間的相遇是必然。

話雖說得玄妙，生活充斥各種冥冥之中，我依然更傾向任何抽象的感知需要以具象的現實交織建構才能被有效傳達，看得見，摸得到，地圖是錨，我不會失去方向。

多年前剛結束一檔紀實節目，製作人問我有沒有興趣去一趟雲林北港做田野調查，製作單位想要發展台灣在地的故事，主題是探討隔代教養。我聽了直接答應下來，回到住處收拾行李便獨自開車南下，臨時投宿在朝天宮後方的旅社。

那是一間很像我做美術陳設，設計藏匿悲情通緝犯的老旅社。

內部裝潢應是從五、六〇年代沿用至今，所以無法形容它復古懷舊，它不是仿古，它在它所在的位置度過了漫漫歲月，而我如今走進了它。燈光昏暗又有霓虹燈飾攀掛，還局部色偏，像極了燈光師配合劇情設定而故意營造出來的敍事氛圍。

白天的北港十分熱鬧，以朝天宮爲中心，觀光人潮熙熙攘攘，延伸至東西南北四條街商圈，是大多數外地民衆造訪北港的熟悉景象，直至夜幕降臨，香客散去。

商家收攤店舖，小販整頓物品，忙碌了一整天，他們重回街坊鄰居的身分出沒，一個個才顯露自己原來的性格，我也才逐漸看清楚這個地方的眞實樣貌。

路燈將眼界所及染成橙色，我繞著街區觀察生態，徒步了許久，鑽進暗夜巷弄，偶然發現一台亮著低瓦數黃色燈泡的古早味果汁攤車，不只賣新鮮果汁，也賣現切水果盤。我看見一名白髮奶奶帶著小男孩買飲料，應該是住在附近的居民，她和也來買果汁的鄰居聊天，飲料不是重點，話家常才是。我點了一杯三十五元檸檬汁，拉了張白鐵凳坐下來享用，把當前的人事物、聲音、氣味刻進心裡帶走。

觀光人潮散去的景點更容易引發沒來由的感傷，落差甚鉅。

經過朝天宮正門，適逢廟前搭台舉辦里民歡唱卡拉OK活動，三五鄉親坐在塑膠座椅欣賞，有人赤腳踩椅墊，也有人並肩，大夥怎麼舒服怎麼來，個個悠閒自在，我也找地方坐下欣賞老師傅拉二胡，感受唯有此時此刻此地的氛圍。

鄉親看出我不是在地人，聽聞我第一次來北港，紛紛向我推薦附近的必去景點，我說好，明天一定去，心裡慶幸自己能自然和大家交談已是這趟行程中最好的收穫。

他們問我今天住在哪裡？香客大樓？我表示自己投宿在附近的旅社。擔心我誤會他們的問話動機，主動補充他們才介紹一名徒步環島的年輕人去香客大樓投宿，據說是日本人，從高雄開始徒步南下，抵達台灣最南端，由東部往北，再轉西部至南，最後回到高雄，已經走了四十幾天。

鄉親表示旅人相聚於此都是緣分，媽祖會保佑那位，也會保佑我。耆老告訴我一句當地俗諺：「北港媽保佑外來客。」他們即便生活在朝天宮周圍，不一定家家戶戶供奉媽祖，數量可能遠比我想像中少——我從來沒在其他地方聽過類似的說法，這是第一次聽說。與其說我質疑這句話的本意，倒不如說不確定耆老傳遞這句話的用意。我覺得交談的氣氛也是故事的一環。

回到旅社，我把當天走訪的路線畫成了簡易地圖，標註自己沿途發現的趣事。

隔天一早去吃了製作人推薦的北港道地早餐——麵線糊和滷蛋白，店內光顧的全是街坊，這種在地氛圍我其實挺熟悉，清晨空氣連同店家的鍋爐蒸氣一起，誘發一股濃烈的思鄉情，我也是鄉下孩子，過去也常陪父親出門吃他喜歡吃的早點，回頭再替忙碌家事的母親帶回素食果腹。

就在這時，一名揹著大型登山背包、皮膚黝黑的男子坐下來和我併桌。

他向我頷首示意，老闆將他的餐點端上桌，除了麵線糊和滷蛋白，他多點了蝦仁油飯。不一會有人騎車經過，停下來向他打招呼，看來是推薦他來這間店的在地人。對方問他身體好點沒？燒退了沒？他笑著回應好多了，最後對方祝福他環島旅行順利、未來一定會好等話語便騎車離開了。

唔？哦？是他——

聽到關鍵字才意識和我併桌的是昨夜鄉親提及的，徒步環島的日本人。

當然，他講話的腔調也明顯聽得出來是日本人口音。我抬頭看了他一眼，明明是初次相遇，卻有種先一步認識他的窺視感。他進食很俐落，吃得很專注，細節很日本。可能因爲環島沿途風吹日曬雨淋歷盡風霜，難以猜測他的實際年齡，只覺得他整個人十分疲憊，貌似需要更多時間的獨處，我沒有開口向他攀談便離席。

未來一定會好。

這句話意外烙進我心裡。

我好像是因爲看見他聽到這句話的神情才被觸動，他揚起嘴角，點頭說對。

仔細想想，這句話的文法不對勁，更像外國人的用字遣詞，或許是他先對那個人說了這句話，而那人再見他時複誦了同一句話。這話背後一定有故事。因爲對方的語氣不像單純的祝福，而是彼此共勉之。

更關鍵的是，他說對，不是說好。代表昨夜他們聊了許多。

享用過道地早餐，做完毫無意義的推理，我再度鑽進北港巷弄。

白天走在長巷無須像夜行時那般警戒，遇到不少早起推著菜籃車去市場的阿嬤，她們見我獨自閒晃，個個好心指路，深怕我遺漏舊城區歷史景點，難得來沒能盡興，我聽話去了暗街仔，看了甕牆。

我沿路邊拍照邊做紀錄，走岔了路，經過一間紅磚平房，門戶敞開。

門邊靠牆的藤椅坐了位高齡阿公，瘦骨嶙峋，吃力地滴眼藥水，突然一個小男孩手拿吹泡泡玩具衝出屋內，男孩看了我一眼，牽起門口倒地的腳踏車，跨上車騎走。

陽光灑進屋內的磨石子地板，溫熱了掛在鐵窗的衣物，阿公背對坐在門邊安靜地休息，沒打開電視，也沒聽廣播——或許這一刻的日常對某些人來說並非歲月靜好。當時的我還想不明白，本能地往前走了一段路，回頭望去，我發現男孩騎著腳踏車，歪歪斜斜地在巷子繞來繞去，始終沒離家太遠。

離開長巷之後沒多久，我隨意找個乾淨的路旁坐下來調整自己的情緒。偶爾做田野調查的時候會遇到這種情況，把所見所聞全部裝進心裡實際過一遍，的確不好受，精神會很快感到疲倦，連帶軀體一下子變得沉重，稍事休息一下就會好。

我刻意放空一會才把昨夜在旅社繪製的地圖拿出來新增生活細節，把空白的路線填滿，標註新的發現，作爲階段性任務的結束。

正當我坐在路旁發懵，餘光察覺有人走近，抬頭映入眼簾的是父親和母親。

像作夢，像幻覺，我愣愣地盯著他們，莫非是我吃著麵線糊滷蛋白想家的時候被他們感應到了？這是從來沒有過的事，前一夜我確實有打電話報備行程，但也僅獲得一句注意安全就沒了，沒想到他們會開車南下找我，何況現在才早上十點多。

母親如常率性地直接切入主題表示他們才停好車，本來想打給我，問我在哪裡，結果立刻巧遇我，父親問我坐在路邊幹嘛，我吶吶地說做筆記，怕忘記。

原以爲接下來的行程是帶他們四處逛逛，孰料他們竟然表示要回苗栗了，看到人就好了，讓我按照預定的計畫去做事——欸不是，這對夫妻完全不按牌理出牌。

我攔住他們的去路，說要一起午餐，不能就這麼放走他們。由於我實在不懂吃，父親反向推薦我美食，第一次嚐試了傳說中的神級美味——煎虱目魚腸。

當我積極反饋表示美味，父親嚐了一口評價普通，他年輕時因爲工作，從北到南哪裡都去，什麼好料沒嚐過，更何況家裡掌廚的母親有著廚神稱號，對美食標準自然較高，妹妹也是，全家就我一個是不識好歹的便宜嘴。

北港這趟最終以和車神夫妻一同評價庶民美食結束這一回合。

田野調查到最後畫風驟變，我吃著煎魚腸恍如隔世，然而——這才是眞正現實的人生呀，既突兀又極其合理，而且無預警和家人在異地碰面，隨意選了一間店面對面坐下來一起享用虱目魚料理，這件事本身就很魔幻。

回到另一個現實層面，結論是案子沒成，議題常在。

任何行業若以接案方式過活都不穩定，按我自身經驗，從事影視幕後做白工的機率頗高，其中尤以編劇或導演身分爲甚，事先投入心力做足萬全準備也經常打水漂，案子喊停便停，說掉就掉，九成九九停止開發項目的理由是現實考量。

與作家單憑個人意志創作小說不同，每部電影、每套影集的催生初期更加脆弱易碎，那是一趟集結衆人意志的冒險旅程，既得小心翼翼又大膽前行，如果沒有一定程度的熱愛和執拗，絕對走不長遠。因爲完成任何一部影視作品需要得到許多人的認同以及幫助，所以得花更多時間去學習溝通及整合，說服從來不是容易的事。

例如當時的製作人後來可能還拿著議題到處尋找製作機會，但卽便找到了，也可能因爲配合的新單位提出各種要求而沒能再找我一起做，這也是常態。不只隔代教養的議題，我認爲只要有人持續探討社會議題，我不必非得參與其中。

我不覺得徒勞無功。如果不是自己當初過分熱情地投入，都十多年過去了怎麼可能還記得這麼多當時發生的細節，現在之所以再度想起這段回憶，是因爲我把去北港做田野調查的紀錄運用在正撰寫的長篇小說裡，主動創造它應有的價值。

最初的地圖具有承先啟後的含義，地圖出現的每一個地點都是線索，環環相扣，人物的性格因爲他們的行動開始形塑他們的樣子，所經之處，處處生出人氣，例如貪一杯榕樹下涼水攤的現打果汁，誰通風報信，誰哭，誰笑，誰瘋癲，誰又百無聊賴坐在舊城區的甕牆前，誰步步逼近，被識破藏身在旅社逍遙快活，誰熟門熟路，長巷追趕甩開追兵卻不敵復仇之火。

終究我們不一定能成爲自己嚮往的樣子。

小孩長大可能依舊天眞，也可能變成自己不曾想像過的大人。

那日午餐結束，恭敬地和父母道別，我再度獨自開車上路，本來打算北上回家，開著開著，不知怎地，一股得馬上去做的強烈情緒驅使我展開行動，在還沒離開北港鎮前，我迴轉掉頭，轉往南下，沿途搜尋找到了那位負重前行的環島徒步旅人，把車開到他前方，等他經過的時候喊住他，遞給他一罐寶礦力，跟他說了加油。

直到現在我煢煢孑立，也會想起他踽踽獨行，還記得那句話，未來一定會好。

說不定當初我是爲了聽到這句話才去了北港。

未來一定會好。

16

妹妹與我同居台北多年，直到申請打工度假開始頻繁出國。細數歲月，她起初先去日本待了兩年，回台兩年餘，再去韓國一年，又回台年餘，之後獲聘正式前往日本工作。中間來來回回，前後加總起來已有十年，我一直保留妹妹的房間，以防萬一，直到她長住東京第三年，適應良好，我才決定調整生活空間而搬到新的住處，至今數年。

新住處沒有和妹妹共同生活的痕跡，我成天忙著出門工作，顧著往目標衝刺，無暇營造居住氣氛，自嘲家徒四壁，謝絕造訪。

同事從旁觀察我好一陣子，某日冷不防詢問我是否對於自己的居住所在沒有絲毫眷戀？我聽了對方的提問，愣了一下，因爲沒想過這個問題，仔細想了想不否認，我的確潛意識存在著自己隨時會離開的心態，原來旁人可以感覺出我對於環境的疏離，即使我無意展現此種面向。

同事偶發的好奇心讓我察覺到自己一直以來無法自主意識的現象，與人相交被埋怨過無數次爲何總是若卽若離。我本以爲無辜，如今明白對方並非無的放矢，縱然其中仍有誤會，那也是自己散發的氣場造成了衆人的誤解。

儘管可以拿出來舉例的很多，腦袋第一個閃過的卻是初戀對於我的看法。

初戀沒有當面告訴我，他從來不曾對我傾訴，我是在分開多年後偶然從別人口中聽說他和我交往時對我的評價。初戀說自己就算待在我身邊，他還是想我，近距離看著我的時候會感到孤單，覺得我很遙遠，好像隨時會不見。

初戀向他人提及我的時候沒有一句埋怨，卻也句句埋怨了我吶。

年紀輕輕，他不懂我，我不懂愛，正值青春便輕易就此別過。聽聞轉述當下其實挺感傷的，儘管現在人事已非，初戀依舊是特別的存在，得知他對我的莫可奈何，我開始懷疑自己與初戀好聚好散的記憶。任憑我再怎麼有自信做到卽知卽行，我追不回時間，錯過了時機，無法天涯海角找到他，告訴他，他說的每一句話，我都當情話，埋怨也是情話。

親近的人尙且如此，更何況泛泛之交。大學時期和一票同學出遊，也有過幾名半生不熟的同學打趣地說如果不隨時回頭確認我的位置，總有我會走丟的錯覺。

直到這一刻，我才明白自身之於環境的定義嚴苛，潛意識影響了和我往來的人們，他們在我身上感受到的某種疏離感，並非我刻意想要給予他們。無論是有機會成為親朋好友的人們，或曾經相愛的人，我對待他們都是眞心的，我相信他們也是，否則不會令他們格外感受到了那股無解的疏離，也不會因此痛苦，越親近我的，越寂寞，這是一種情感錯置，導致心意無法相通，而我未能看淸這一切。

非本意形成的誤解，時刻折磨我在乎的人和在乎我的人，駑鈍如我，花了十數年才覺察到事實背後的眞相，對自己又羞愧又惱怒的情緒本該一股腦兒潰堤，卻在醒悟當下瞬間衝破精神層面，從意識噴射般長出了一隻爆青筋的手，以不可饒恕之勢直接掐住心臟，倏地倒抽一口氣。我明白這是因爲歲月過於漫長而出現的過激生理反應，也接受，胸口狠狠地發痛，一下子喘不過氣，到最後需要做好幾次深呼吸，才能勉強不讓自己墜入伸手不見五指的深深海底。

回想起那段掏心掏肺還得被質問千百次看不見我眞心的日子，此時此刻心底理直氣壯地湧現一股終於知道自己是怎麼死的痛快。

老實說，當初選定落腳的新住處，理由只有兩個，其一是搭車去公司不必轉乘，其二是老友住在附近走路不到五分鐘的社區。老友當然對我的考量不知情，我們素日裡不常叨擾彼此，甚至我搬去多日才通知對方一聲，對方聽了平靜地接受。

人們對於私領域的生活環境，或家，或住處，有自己的一套認知。我也有基本定義，我認爲有家人在的住處是家，以外的地方只是住處。我家在苗栗，住處在台北。

當我從台北準備搭車南下，和父親通話報備的時候會說，我要回家了；假期結束道別的時候，我會說我上台北了，不說回台北；抵達住處向母親打電話報平安，我會說我到住的地方了。

平日往手機裡的家人群組傳送文字訊息也比照辦理。

這是無人知曉，沒有明文規定，在不干擾任何人的情況下，力所能及的範圍，我理所當然地實踐，是不擅言辭表達愛的方式——我對這件事的在意程度是強迫症等級，體感類似無法忍受「得的不分」、「在再不分」、「應該因該不分」。

回過神來，有些字，有些詞，在我的認知地圖裡已經有了自己的固定位置，包括但不限於：回、去、到、上、家、住處，關於家的任何日常描述變得愼重，口頭無心也會耿耿於懷，疏離油然而生。

不是沒有眞心，只是心裡有傷。

傷讓心縫縫補補得像假的，和平常認知的模樣不同，那至少也活下來了。

如果我看起來像個任性又不諳世事的老么，是因爲我曾經在家排行老么。直到妹妹誕生，我變成老三，是年幼么妹起初口中喊的三姊姊。然而好景不常，無預警的意外使我成了老二，時光飛逝，我更是在非自願的情況下成爲老大。

回顧過往，世事難料，人生無常，我們太早經歷失去，一個又一個。

原本應該隨著年歲漸長遺忘的瑣碎往事，卻在某個靜默午後飄來一股廟裡燒香的氣味，氛圍使然，記憶湧現——我想起小時候和母親去南苗天后宮遇見的算命先生，他看著還是老么的我說，妳是長女的命。當時聽了我就沒信他，他之後所說的話我一句都沒記下。

我沒有歸屬感，唯獨妹妹喊我的瞬間，我才回到自己的位置。

三部　反覆是提問

17 如果沒有前情提要就變成莫名其妙喜劇人的我忍不住開了門又關門

主觀認定的好，主觀認定的壞。

一次壞一點，一點再一點，再壞一點點。

人們對於變好這件事沒有耐心，認爲變壞是理所當然。

住處的公寓大門壞了好一陣子無法正常上鎖。

我輕輕打開，再慢慢闔上，前前後後，仔細觀察，有跡可循的生命歷程。

不只白鐵門鎖不起作用，減壓的門弓器失去功能，連固定鋁門板的後鈕也鬆動變形，按照整扇門搖搖欲墜的程度，哪天突然垮下來都是有可能的。住戶進出的時候它會失重擺盪，制止它需要費點力，又不能太用力，出入分心或是大意會被它報以回馬槍襲擊。我有過兩次親身經歷。

第一次是大意。

那天是臨時出門赴約，對方頻頻來電催促。

我一邊快速下樓，一邊伸手往背包裡盲找嗚嗚嗚震動個不停的手機，奪門而出的時候壓根沒留意力道，好不容易撈出手機，忽略身後突如其來的反作用力，鋁門板重重地撞上我的背，砰的一聲，聲音響亮，衝擊力促使我踉蹌地向前傾身，公寓門口盆種的觀音竹迎面直直扎向我的眼睛，我及時避開眼球，同時無可避免地失去平衡，摔了個大跤，翻倒整排住戶盆種的風水樹。

事發全程不到五秒鐘，已經足夠我回顧人生，名副其實的灰頭土臉。

正當我狼狽跌坐在公寓門口驚魂未定，對棟公寓的住戶正好經過——我倒垃圾見過他，他長得很高，或許超過一百九。他和我對上眼，問我怎麼一個人蹦蹦跳跳這麼高興？說他遠遠走過來看見我手舞足蹈，語氣似笑非笑，邊說邊逕自進家門，過程沒有停留，我甚至，還沒有，完全從地板上爬起來啊這位老兄——你是看不見我？還是看不見別人的痛苦？滿臉大大問號驚嘆號刪節號瘋狂輪播，第二人格忍不住率先跳出來瘋狂咒罵這位被我隨便取名一百九的住戶，直到循聲發現躺在水溝蓋上還持續來電催促的手機才逐漸緩過神，髖骨連同大腿骨一起疼得要命。

我撿起手機確認完好無損，拿衣角擦拭螢幕，頹然坐在公寓門前的台階發懵。在被迫放緩步調之後，周遭環境音意外變得清晰，聽力突然變好，聽得見身後公寓大門的後鈕因為鋁門板失重，隨風輕輕擺盪，發出嘰咿嘰咿的細微聲音，像凶手躲在暗處竊笑，我啞然失笑，全世界只有我和我的手機知道我們才剛剛經歷了九死一生，手機閃過掉進水溝的命運，我閃到腰。

第二次是分心，與第一次發生的時間相隔不久，腰傷甚至沒完全好。

那陣子天天往返剪接室，中午進去，半夜出來，日復一日，長達幾個月之久。恰巧事發正逢多日連續工作十三個小時的艱難日子，精神及體力到達了臨界點，性格非本意地變得十分敏感，我和剪接師有意識地共同當機立斷，絕對不可以被眼前的情緒欺騙，工作關係再融洽也是，該休息的時候休息，一旦出現視覺疲勞，必須馬上離開螢幕前，各自回家冷靜，隔日再戰。

每次離開剪接室，我都能感覺到自己肩頭千斤萬兩重。

無論當天是否進展順利，從來沒有一刻自以爲是，哪怕一秒，也從沒覺得自己做得好，結束也不曾打從心底如釋重負，質疑自己的永遠是自己，總是會感覺到不足與遺憾——每一個在剪接室做出的抉擇，都是在血淋淋檢視自己當初下的每一個判斷，是否妥適，或失策得離譜，然後必須懷抱所有情緒，學習負重前行，反覆煎熬又堅決，一天有一天的份，層層堆疊的量，這天也不例外。

踏出剪接室已經凌晨三點鐘，從巷弄走到主要幹道十字路口，整座城市空蕩蕩的，重慶北路上無車也無人，內心如常浮現迷茫感，我一邊感受著這股強烈的情緒起伏，一邊輕易找到尾燈閃爍的共享機車。

手機解了車鎖，打開置物箱，戴上安全帽，跨上共享機車，啟動無聲，催油門也安靜，我獨自一人寧靜夜遊台北，環顧眼前，唯一還有活力的只剩不斷來回變換的交通號誌燈，以及沿途黃澄澄的路燈。

我騎車回到位於淡水河另一頭的公寓住處附近，距離剩差不多兩條街開始放緩車速，目光留意周遭有沒有空的路邊停車格。

衆所周知，深夜找車位令人崩潰，尤其圍繞在住宅區公寓大樓的路邊停車格，基本一格停一台，兩格停三台，四格停五台，以此類推，附近巷弄全時段被停得滿滿當當，差別僅在流動率。加上這天回家的時間比之前任何一晚更晚，平日裡多少還能找得到車位的幾處全滿了，再來通常得等到天亮才有可能釋出停車空位，我耐住性子往更外圍的巷弄兜兜轉轉十多分鐘，終於在五條街外成功還車，再徒步回到住處。

走路回家是每日運動，每日路線差異不大，理所當然開啟自動導航模式。

我邊走邊回覆工作訊息，時而走，時而停，仗著三更半夜無視路況，直到無意間抬眼，猝不及防發現自己和走在我前面的陌生人靠很近，差點嚇瘋。我立刻放緩自己的腳步，拉開兩人的社交距離，無奈這小小的自清舉動反倒加深對方懷疑我圖謀不軌，眼睜睜看著他刻意做出了許多假動作，或者說，多餘的動作，例如佯裝張望四周，利用餘光確認我是不是還跟在後頭，舉手投足極其不自然。

雖然很想大聲嚷嚷——欸我眞的沒有跟著你啊這位先生，只是剛好同路而已，但……就……隨便吧，反正進了公寓就能擺脫變態跟蹤狂的嫌疑。我自顧自低頭繼續滑手機，感知到走近公寓門口才抬起頭——對方竟然和我住在同一棟公寓，前腳他已然用力推門進去往樓上衝，後腳鋁門板毫無慈悲心地砸在我臉上——

還眞是……我眞是謝謝你。

電流般刺骨的疼痛環繞頭骨一圈，震得我頭暈耳鳴，直接席地而坐。

我覺得我的三魂七魄比我還常出門旅行，而我總是原地留守。

皮肉痛感加劇，伸手扶額，扶到一顆剛出爐熱騰騰的特級瘀血大腫包，不偏不倚，額頭正中央。無預警遭遇這種抓馬的情況首先是感到荒唐，再來啼笑皆非，只不過我的臉部完全無法做出啼笑皆非的表情，因爲我臉麻了，來自鄰居精準的甩門攻擊。任何牽動面部神經的動作我都沒辦法做，包括表達情緒時不自覺使用到的眼周肌肉、抬眉示意出現的抬頭紋。

因爲沒辦法做出表情，所以只能面無表情，然而接下來的場面更荒謬——

我艱難且超級緩慢地轉動上半身，視線只能盯著前方，不能做太大動作，非自願地面無表情看向公寓大門，重新回顧剛才遭遇的一切。

對方是生理男性，身高比我高，身材比我壯，甩門力道之大，顯然沒有顧及夜深人靜的時空背景，我合理懷疑對方是急中生智，把壞掉的公寓大門當成武器狠狠攻擊我，趁我被撞得眼冒金星，他可以爭取更多時間趕緊衝回家——

不得不稱讚，怎麼會有這麼聰明的人？換作是我，我做不到。

可惜我再也沒有機會洗清嫌疑，也遺憾在對方的版本裡，我是變態跟蹤狂。

後來我在和妹妹視訊時提及了這件事。

「哪會？整棟公寓一共也就十二户，一定找得到人，妳就每一户去敲門，把人叫出來，把額頭秀出來，請求賠償。」妹妹邊出謀劃策邊吃著蕎麥麵。

那是日本全家便利商店新推出的蕎麥麵商品。她最近經常吃。

「呃……光想就覺得會有理說不清，在他的主觀感受上，我是嚇到他了沒錯。」

我放大視訊畫面裡自己的樣子，仔細觀察額頭正中央的腫包瘀血轉成烏青色，伸手摸了摸，還有點疼。

「怎麼想都覺得不可能啊，實際的情況應該是，你們都分心了，都在滑手機，妳從妳這側轉進巷子，他從對側轉進來，走過來匯流同一條巷子，正好錯開，一個人走在前面，另一個在後面，兩個人才有可能靠這麼近，如果是這樣，雙方都有責任，要說妳嚇到他，他也嚇到妳啦，妳沒讓他受傷，他還甩門害妳變成包青天欸。」她邊說明邊比畫當晚我和對方可能的動線。

妹妹把我心裡明知道的事情說出來，任何隱匿在行爲舉止背後的起心動念，事後分析都是顯而易見的。被害意識誰都有，誰都可能一秒成爲情有可原的加害者，身處在誰不服誰都能生出翻盤說詞的世界，客觀事實只有一個，眞相或許不存在。

我也有我的主觀，我遺憾的是我毫無意願改變誰迎合自己，矯情地當個輕易脫口我也遺憾的卑劣傢伙。

二十歲的時候覺得自己卑劣，是相信自己能夠從生活找到眞正自我認定的價值；三十歲的時候避免形容自己卑劣是擔心自己眞的卑劣；到了四十歲，平心靜氣說出自己卑劣，代表了解自己的弱點。

我盯著妹妹吃蕎麥麵的視訊畫面，想起一些沒有浮現畫面但還留有情緒的往事，妹妹抬頭看了我一眼，繼續專心吃麵，沒一會把麵吃光，我看著她收拾空盒的動作，問她怎麼吃這麼快——我只是想要隨意說說話，不是眞的覺得她吃得快。她說麵量沒多少，知道自己會吃不飽，還多買了炸雞配啤酒。

「好吃嗎？」我看著她吃得滿足，她不會讓自己餓肚子這件事讓我很安心。

「好吃，比超市好吃。」她滿意地點點頭，說日本全家賣的炸物在水準以上。

「嗯……我可能是看妳吃才覺得好吃吧。」我不敢妄下斷言。

「哈哈，那也是，二姊姊來的時候可以吃吃看。」她笑著說。

妹妹擁有一種特殊魔力，她對吃的一向眞心，周圍的人看她吃東西會覺得東西很好吃，然後也想要買來吃，我剛好相反，大家看我吃東西會覺得東西不好吃。

「東京也很冷嗎？」我問，因爲台灣寒流來襲。

「冷啊，現在外面還下著雪。」她把鏡頭轉向窗外，讓我看雪，說日本氣象廳發布大雪警報。

「那妳怎麼只穿短袖？」

「我開暖氣呀。」

「哦。」

「嗯。」

「太乾會流鼻血哦。」我提醒她。

「對啊，所以沒辦法吹太久。」她經驗老道。

「……我想到妳剛去日本那年冬天下大雪的事，妳下班搭車到站，還要再走一段路回家的時候，打給我視訊，路上積了厚厚的雪，那時候風很大。」

我對這件事印象深刻，彼時那場雪大到隔著手機螢幕也能透出刺骨逼人的寒氣，儘管妹妹冷得直打哆嗦，依然有賞雪的興致。對比稍早日本氣象廳發布睽違四年的大雪警報，算一算時間，正是那場大雪，如今我一樣透過手機螢幕凝視窗外紛飛飄落的白雪，氛圍和當時很像。

「下雪其實還好欸，沒那麼冷。融雪才冷，而且下雪上班很煩，電車都會延遲，人又多又擠，路又滑，很麻煩。」妹妹沒有初來乍到時那般事事新鮮，多了餘裕。

妹妹已經不會在銀色大地裡蹦蹦跳跳，來不及撥掉的雪終究會濕透衣裳，浪漫並非恣意妄爲，在異鄉安然自得才是。

到頭來，我沒有去逐戶敲門追究，沒有大膽秀出我發黑、晦氣到不行的印堂，我也不是鐵面無私的包青天，如果眞要追究的話，當初我就該在事發前出聲制止一切陰錯陽差，而不是事後興師問罪。加上那陣子長時間都窩在不見天日的剪接室，回到住處已是深夜，日夜顚倒的作息和尋常他人不同步，貿然行動反倒落人話柄——說得頭頭是道，我能說出一百個理由，每一個都是我潛意識避免衝突而製造出來的藉口，不只這件事，其他問題也被我推遲，藉口拖延症。

每個人或多或少都有拖延症，反映在個別的人生課題上。

很多時候我們像顆打轉的陀螺，頭暈眼花搞不清楚方向。不知道其他人躊躇不前會怎麼樣，我的情況是會在短期不斷重複發生類似的事，時間拖越久，越迴避，那些看似與課題毫無關聯的生活事件發生得越誇張，越逼迫我們直視自己的內心。

我之所以能意識到冥冥之中的安排，是因爲那安排過於刻意荒謬——在被誤會成變態跟蹤狂之後沒多久，不到兩週，我也遭人尾隨……

同樣是夜半還車，約莫凌晨兩點多吧，我經過便利商店發現一隻逢人撒嬌討吃的流浪幼貓，是橘貓，牠以餓虎撲羊之勢快步向我奔過來，往我褲管猛蹭。我無法置之不理，二話不說直接走進超商買了貓罐頭，就地拉開罐頭，攪勻肉泥放在地上讓貓咪飽餐，拍牠幾張萌照當作索取回報，蹲著看牠吃得津津有味。

我喜歡動物，平日在路上遇到親人的流浪貓狗常常和牠們玩到渾然忘我，尤其忙碌一整天收工和牠們玩耍更是加倍療癒。我在餵食動物過程中不會留意周遭情況，壓根沒注意原來暗處有人正盯著我的一舉一動，毫無警戒之心，全副心思執著於貓咪飽餐一頓也不讓我摸一下，我擅自把牠忘恩負義地跑掉還願意駐足回頭看我一眼的模樣當作是牠的感謝。

貓咪不收拾垃圾，由我負責善後。我拎著空罐頭回便利商店裡面丟，店員抬眼一見便指了指用餐區方向，旁邊有分類垃圾桶。我扔掉了垃圾，向他說了聲謝謝。

「是橘貓嗎？」他問。

「對。」我說。

「那隻橘貓很多人餵。」他提醒我。

「難怪。」我也不是沒留意到牠的體型。

「橘貓嘛。」我們異口同聲下了結語，笑了笑，各自回到自己的生活。

步出便利商店，過馬路走到對街，餘光瞥見原本坐在超商外面階梯獨酌的醉酒男子起身，也過了馬路，和我走在同一條街的對向另一側。

起初沒有多想，直到走過兩條街，發現那男子還走在我身後，我開始提高警覺，但內心依然保留對方或許只是與自己順路的想法，畢竟我才被誤會，有過前車之鑑，卽便逐漸感到恐懼，也提醒自己千萬不要大驚小怪。可當我轉彎走進我公寓住處的巷弄，他也跟進，頓時心涼了半截，接著也不知道哪裡湧現出來的勇氣，我索性停下腳步，沒有回頭，駐足在路燈照得到的路中央——我要確認對方的意圖，果不其然，他也停下腳步。我確定他尾隨我。

如此寂靜巷弄，但凡發出一丁點聲響都能聽得見，腳踩碎石子挪動步伐摩擦發出的聲音尤其明顯，他見我駐足不動，便也不動，按理對方應該知道我已經發現他尾隨在後，本來以爲對方會識相放棄，結果沒有。

我聽見身後有動靜，察覺他開始改變路線，緩步從對街朝我的方向走過來，和我同側，距離更靠近我，我趕緊起腳繼續往前走，腦海裡閃過各種應對方式，全都不切實際，只能加快腳程，心想只要再堅持幾步，只要衝進公寓就沒事了，然而就在我抵達公寓門前才猛地想到門是壞的，一切都不安全。情急之下，我扔掉了腦袋，憑藉著本能去反應——順勢拔起插在盆栽邊上的花鏟，握在手裡當作護身武器，直接轉過身正面迎戰這個借酒裝瘋的混蛋，目光如炬地死盯著對方，記住對方的樣貌和特徵。

對方可能沒預料到我會這麼大膽，一下子被我嚇得愣住，見我定定打量他，更是酒醒大半，大概是後悔招惹我，隨即一秒入戲，扮演一名更醉的醉漢，搖搖晃晃轉身離開，我盯著對方的身影消失在街角才終於鬆了口氣。

腎上腺素急速飆升又倏地退去，這天是比任何一天都還疲憊的一天，連滾帶爬好不容易回到住處，躺在床上輾轉難眠——

換作是我，我做不到。

我想起那時曾經篤定自己無法像那位急中生智的住戶一樣，把門當作武器去攻擊罪犯——現在證實了，我的確沒能那麼做。不過，心裡意外舒坦了許多，原來，原來我不是因爲額頭受傷而耿耿於懷，也不是遺憾無法澄清自己的清白，無論是拿門當作武器，或者像我採取破罐破摔正面對決，促使我們必須和罪犯直接起衝突的主要原因是公寓大門壞了。

本該是整棟住戶居家安全的第一道防線，居然壞了大半年沒有人修理，平日表面不提，內心惶惶不安，壓抑著不發作，直到實際遇事當下才會眞正驚覺絕對不可以讓外來入侵者知道這扇門早已經失去阻擋功能，也因此，所有的問題都必須在進門之前解決，差別在於每個人的做法不同，有人是猶豫到最後一刻才甩門，也有人會像我，選擇更早反應，因爲我認爲絕不可以讓歹徒知道自己住在哪一棟公寓，難保對方不會挾怨報復，僅此而已。如果不是親身經歷，眞的難以體會個中滋味。

心情沒有想像中這麼糟糕，所以不想假裝自己很受傷。

無論是甩門的同棟住戶，還是被我嚇跑的醉漢，從被誤解到換位思考，無關對錯，至少在他們的版本裡，我成爲了我從來沒想過要成爲的人，他們的意念創造了他們相信的實相，這並非我能控制，這也是其中一種平行時空。

我們向來只活在別人的想像裡。

如同我再次偶遇一百九，我也很難衝過去向他解釋自己當時究竟跌得有多痛——那日，夕陽西下的魔幻時刻，我和鄰里一同等候垃圾車經過的片刻，遠遠地，看見一百九站在對街，偶然和他對上眼，他拎著垃圾向我淺笑頷首，此外並無更多交流，我留意到他和鄰里沒有互動，眼裡沒有善意。我想我也不懂他。

人生遠看像喜劇，近看是悲劇，我大意過，也分心過，無端受了許多傷，無故被貼上標籤，並且爲此深深痛苦。

爲了不再重蹈覆轍，我逐漸習慣了出入留心，把握分寸，注意距離，直到公寓大門無預警被修好那一天，我第一時間反應不過來，驚訝多過驚喜，當下忍不住開了門，又關門，再開門，又關門，開了又關。

18 不知道應該適可而止的我踮起了腳尖

倒垃圾的時候，聽四樓鄰居說公寓大門是二樓住戶親自修理好的。我笑著說感謝二樓住戶挺身而出，修好了出入比較安全，四樓鄰居聽了不置可否，冷淡回我一句，我們這裡沒有壞人。我意識到四樓鄰居這句話資訊量爆棚，從她說話時候的語氣及面部微表情可以感知到她難以自持的情感，縱使腹中尚有千言萬語，面對時我仍然得維持應有的矜持優雅。

站在一旁原本與四樓話家常的三樓、五樓鄰居當眾表演看破不說破。就在這時，一樓住戶拎著垃圾從隔壁獨立門戶走過來敦親睦鄰，歡迎大家隨時採摘她盆種的九層塔，千萬不要客氣。我盯著那株新生的九層塔，心想她將來會後悔，她會覺得大家很不客氣。

鄰居的表現讓我想起工作場合裡很多人的臉，不是想起誰的長相，而是想起他們分布在臉部肌肉的情緒。總有幾個類似的模組、常見的範例。

其中四樓鄰居是我剛搬來公寓的時候，第一個主動向我搭話的住戶，雖然內容是探聽房東與我之間的契約隱私。相較其他鄰居一開始對我採取的迴避態度，四樓鄰居是這棟公寓裡面第一位向我表露眞正情緒的人。

我指的是搖搖欲墜的門很危險，四樓鄰居在意的是我稱讚二樓住戶，我們的認知不在同一條線上，儘管我尊重她現在的情緒，但是不好奇她的想法，也無意被強行輸入任何版本的來龍去脈。我向她釋出善意的微笑，但願話題就此打住，只不過，世事哪能盡如人意，她不明白我明白她的不明白，眼見她準備耐住性子向我曉以大義，垃圾車正好經過，少女接住了我的祈禱。

無論如何，人的事很難說，往往婉拒可預期的，迎來意想不到的。

我選擇不去知道四樓鄰居和二樓住戶的恩怨情仇，卻意外目睹附近住戶因爲沒有確實做好垃圾分類，而被站在垃圾車後斗忙碌整理回收的清潔隊員咆嘯。挨罵的住戶不甘受辱，追上前爆氣回嗆，引人側目，清潔隊員見狀也不打算息事寧人，反而更大聲教育住戶，他一邊口若懸河一邊敬業收垃圾，雙方你來我往，互不相讓。

與此同時，資源回收車維持等速緩慢前進，確保每一位民眾都能成功扔到垃圾——這是什麼令人發噱的實況畫面，強烈鮮明的反差讓眼前的衝突瞬間產生了莫名的喜感，明明圍觀群眾應該要感到慌張才對，大家臉上卻呈現忍俊不禁的神情，明明吵架的節奏被垃圾車的龜速前進破壞殆盡，明明也喊不過少女的祈禱，兩人堅持不肯低頭，越吵越遠，遠到最後根本聽不見他們吵什麼，隨著垃圾車一起轉彎，消失在街角，紛紛擾擾離開了鄰里的視線。這是一起偶發事件。

偶然目睹突發事件，腦袋會牢記最衝擊的場面，出拳瞬間，跌倒瞬間，爆笑瞬間，嘶吼瞬間，像快門拍照，我們留住了那瞬間，也把自己困在那瞬間。從另一個角度來說明，類似民間習俗裡提到的丟失三魂七魄，情況更嚴重的需要去廟裡收驚。

如何讓一起突發事件變回一種日常？最好的方法是，不要停留在原地，往前走。精神層面或實際行動都是，讓情感持續流動。

我下意識選擇三步併作兩步上前走到街角一探究竟。

垃圾車按表操課早已繞過隔壁巷弄，住戶也不知去向，他與清潔隊員的自尊心也在等待撐過這個街角才願意放下面子，放過彼此。我順勢走向巷口的全聯，心裡盤點冰箱裡的剩餘食材，盤算是否需要添購蔬果，經過巷口那間生意極好的燒肉便當店，看見那位住戶正排隊買便當，看著他和顏悅色地和便當店老闆交談，好像他從出生至今從來沒和任何一個人大小聲，向店員點菜也謙和有禮。

我駐足在店外感受周遭鼎沸人聲漸進入耳，意識回到日常，並且在這一瞬間改變了心意，轉身跑去爆點三百元鹹酥雞外加大杯梅子綠茶拎回住處。

唯有徹徹底底吃飽了吃撐了才能眞眞正正翻篇，不留餘地，不再掛念。

是故，即便迴避了四樓鄰居的故事版本也是，心總懸著，總有罪惡感。直至翌日下樓出門，我決定正面解決自己無處安放的情緒，特意駐足在玄關，好好觀察了一下這扇被二樓住戶手作匠人親自修繕好的公寓大門。

白鐵門鎖浮貼一張叮囑紙條——請勿用力甩門，也不要全開門，門會壞。並且在紙條上面再貼一層寬版透明膠帶防護，防水防撕防二次塗鴉。

門弓器沒處理，進出還得謹慎留意碰撞，但至少白鐵門鎖修好了，最低限度能夠重新上鎖，這讓這扇門重新找回生存的意義。另外，原本因爲後鈕斷裂才搖搖欲墜的鋁門板，被一口氣裝了六個後鈕，加上原來的兩個，壞了一個，拆掉一個，目前這扇門驚奇地擁有七個後鈕，從門背看起來簡直是超大型釘書針，這幅景象也意外展現出二樓住戶令人費解的執拗，我忍不住失聲笑了出來。

這要嘛裝置藝術，要嘛集體行爲藝術，眼睜睜的我們都挺荒謬的。

19 妹妹的意思我懂了

休假日，久違地和妹妹相約吃飯。

我們各自買了令人心情愉悅的垃圾食物，連接手機視訊畫面，倒杯冰涼的梅酒，我向鏡頭裡的她舉杯，她配合碰杯，秀給我看自己在超市買的日本梅酒，販售價格比台灣便宜至少一半，羨慕至極。

「二姊姊。」

「嗯？」

「妳住的那一區也太多變態了吧。」她聽完我被尾隨的遭遇。

「也沒有很多啦，只是剛好被我遇上。」我一言難盡。

「還是妳不要工作到這麼晚才回家？很多人到了半夜就不清醒了。」

「差不多快告一個段落了，之後回歸寫作就要閉關了。」

「那就好，畢竟妳都會吸引一些奇怪的人靠近。」她沒有開玩笑。

「妳說變態磁鐵喔？」我想起妹妹以前開玩笑幫我取的外號。

「對呀，妳就變態界的少女時代啊，站C位的潤娥，超受變態歡迎的啊。」妹妹一本正經講幹話，可能覺得自己比喻得很貼切，語畢隨即笑了出來。不得不說妹妹替人取綽號的創意無限，我第一次聽到的時候哭笑不得。

「我明明什麼都沒做啊。」我喊冤。

「我們在台北搬了好幾次家，妳每一區都會遇到呀。」

「呃……嗯……對欸，而且妳這麼一說，我腦袋閃過好幾個變態，雖然不記得他們的長相，但是記得個別在哪裡遇到他們的，真的很可怕，老實說之前的任何一次都比這次的醉漢還要恐怖。」

妹妹和我，我們在新北中和住過一段時間，住處附近有一名男子經常騎著腳踏車遊蕩，和妹妹同行的時候遇見男子沒事，妹妹獨行遇到他也沒問題，直到有天對方迎面看見我獨自走在巷弄裡，突然無預警騎腳踏車衝向我，嚇得我就近躲進超商——

妹妹問我做了什麼，我說我什麼都沒做就被襲擊，當下先是餘光察覺前方有什麼龐然大物向我衝來，定睛一看，真的是他。

在這之後，我出入住處變得十分警戒。

搬到另一個區，附近有間大廟，某天夜裡，我抄捷徑穿越廟埕回住處，突然一團黑影倏地衝過來，有人從一旁漆黑的公廁竄出潑我一臉盆水，幸好我動作敏捷閃過，加速逃跑的時候瞥見對方全身光溜溜，後來推測他是在公廁洗手台洗澡——

妹妹問我做了什麼，我說我什麼都沒做就被襲擊。公廁那一側沒開燈，對方不出聲，根本不會有人知道他躲在暗處，再說，我是一路沿著點亮的紅燈籠經過，當下抄捷徑的里民也不只我一人，對方偏偏選我潑。

之後再搬，沒搬遠，又遇到類似的情況。我反省過，一度認爲是我選擇居住環境的眼光不佳，直到後來發生的事件讓我內心產生巨大的動搖。

有天出門買午餐，到了樓下才發現下雨，我懶得上去拿傘，雙手遮頭，小跑步往主街方向移動，這時有位沒穿戴雨具的摩托車騎士從我身旁經過停了下來，問我板橋該怎麼去。然而雨勢倏地變大，我擔心對方濕透，指引他一起先移步騎樓避雨，再詳細告知路線，孰料當我開始指路，對方卻盯著我欲言又止，我以爲是自己講不清楚，問他怎麼了，他突然開口，低聲問我胸部尺寸，現在有沒有穿胸罩，摸會爽嗎。

他就站在我面前，客氣對我說出一連串污語穢言，我的腦袋像被扔進一顆炸彈，轟的一聲，瞬間耳鳴，一片空白，我抬眼看他，標準示範所謂的——等等我現在聽到了什麼。思緒一下子被打亂，我語氣淡然反問他——所以你沒有要去板橋？原來你不是眞的要問路啊？他看著我不回話，我轉身離開。

好友說我那是眞正被嚇壞的正常反應，不是冷靜。

當時身處的騎樓像被雨勢隔出來的獨立密閉空間，對方猥褻說話的音量不大，卻因爲彷彿在密閉空間般變得異常大聲，揮之不去，好一陣子覺得自己活該。

直到現在，我還是很想知道對方當時究竟有沒有要去板橋？他打從一開始就是個變態？還是他在問路的過程突然變態？

我也分別問過幾位好友，他們沒好氣表示根本不會有人在意變態的心路歷程好嗎，更無法理解我老是過度親切，沒有人會鉅細靡遺爲他人指引方向，對方不見得感激，到最後搞得遍體鱗傷的只會是自己。

變態，指改變原來的形態，事物的性狀發生變化，或心理不正常的狀態。

我過往遇到的變態不計其數。其中較常見的不是騎腳踏車類型或公廁洗澡類型，而是問路問到一半污語穢言的類型，嚴格說來這種變態不是瘋，是壞。

除了問路事件，我大學時期也遇過類似的情形，去麵店外帶肉羹麵，老闆無預警開口對我性騷擾，令人無言以對的傢伙總是莫名其妙闖進我的日常裡狠狠賞我幾巴掌，導致我與人交流不再有過多的表情，更不喜歡在外面說話。

事後我向當時往來的同學提及自己被性騷擾，他們無法想像麵店老闆煮麵煮到一半會抬頭對著客人說，妳對著我笑是不是想要勾引我，妳看起來一副就很想要。加上大家平日也常光顧這間麵店，東西好吃，老闆健談，可能開過無傷大雅的黃腔，不過並不是該被罵變態的程度，算得上幽默，甚至逗得同學們哈哈大笑。

其中一名同學想要冷靜協助我釐清這起事件，開口第一句是——我先聲明我沒別的意思哦——像個起手式，他懷疑我無意間釋出了綠燈信號，例如做出讓對方會錯意的行動，或說了性暗示的話語，否則爲什麼世上其他人都不會遇到，就我遇到？

語言好奇妙，無論事件爲何，同一句話重複出現在檢討被害人的言論之中，難道這句話是被明文規定只能以充滿惡意的使用方式存在嗎？

「否則爲什麼這世上其他人都不會遇到，就妳/你遇到？」

這是強烈的指控，令人不快的質疑，質疑的不是我們遇到這件事的可能性，而是遭遇類似不幸事件這個人本身的品德，並且自以爲是看低他人。

老闆我要一碗肉羹麵外帶謝謝。就只說這一句話，到底能有多大的魔力刺激老闆的性慾？所以他才必須以賣肉羹麵作爲終生職志？方便獲得快感？

我想說的是，如果覺得同理受害者很難，或許可以嘗試同理加害者，當你心癢難耐非得找個對象騷擾，該怎麼執行？會大庭廣衆當個現行犯嗎？身爲有間店面的老闆？他腦子沒壞，精得很。

我不是唯一的受害者，對方也不過是故意挑沒人在場才敢口頭滿足淫慾。

人們在潛意識裡排斥弱者示弱，討厭跟著一起感受無能爲力，連帶質疑、嗔怒、鄙視，因爲無法共感而滋生沒底氣的優越感，回頭才意識到自己沒出息的一面。

我再也不苦著一張臉，非得提及，像講笑話般一筆帶過。

「我不會遇到這種事。」妹妹斬釘截鐵。

「雖然沒遇過變態，但妳在路上很多人跑來搭訕。」我記得妹妹說過她曾經一天在日本不同地點被六個人搭訕的經驗，後來去韓國生活更誇張。和我遇到神志不清的變態不同，妹妹遇到的是清醒且能正常交談的人。

「所以爲了不被搭訕，我走路都走超快，只要雷達感覺到有人靠近，走更快，他們不會有機會和我說到話，我也不會理。」妹妹邊吃串燒邊說。

「該不會人家才開口從喉嚨發出第一個音，妳就不見蹤影了？」

「可能哦，腳底下有風火輪。」

「哈哈，但妳平常走路已經很快了欸，還能更快哦？我都跟不上妳。」

「那是妳走太慢了啦。」她嫌棄我的腳程。

「我應該不是因爲走路走太慢才遇到變態的吧？」我愣了一下，怎麼感覺好像有點道理？無論是被誤會成變態，還是被變態尾隨，好像都因爲我動作太慢的關係。

「才不是咧，不要再檢討自己了，反正以後就知道了。」

「蛤？知道什麼？如果妳是我，遇到同樣的情況，妳會怎麼做？」

「我跟妳說過啊，我會在事前杜絕發生這一切的可能性——如果不想遇到瘋子，妳就必須比瘋子更瘋。這招變態也適用，變態也怕瘋子。」妹妹悠悠地說。

「呃……」我隱約記得好像有這麼回事。

「我會在走出車站瞬間，回到住處之前，直接成爲一名瘋子。」她說。

是啊，我想起來了，妹妹很久很久以前和我說過她的瘋子理論，在我不斷遇到變態的煎熬時期。本來以爲她僅止於口頭說說，目的是逗我開懷大笑，本來以爲只不過是一種奇特又有趣的思維，邏輯上說得通，未必眞能實踐，那還得恥力異常高的人才辦得到。我完全沒預料到妹妹竟一直以來貫徹執行這件事，她說到做到，包括在日本——走出車站瞬間，回到住處之前，她是一名瘋子。

妹妹定居日本初期，有次晚間十點多下班走回住處路上，心血來潮和我視訊。儘管車站周邊燈火通明，可越往住宅區越暗，路燈不太亮，就連視訊畫面也看不清楚她的臉，後來爲了專注腳下，她沒有照著自己的臉，我只能聽見她的腳步聲，偶爾和我搭話，更多時候是聽見她快速步行的呼吸聲。不知怎地，氛圍使然，我有點緊張，但沒表現出來，心想至少得陪伴妹妹安全回到住處。

沒一會她駐足十字路口等候紅綠燈，小聲對我說到家再聯絡。我說好。

結束視訊之後約莫半小時，她再次撥打視訊通話，看著回到住處的她坐在沙發前咕嚕咕嚕喝著水，氣喘吁吁又痛快的模樣，我才知道她後來一路裝瘋賣傻，例如故意走路走得扭捏，一下子跨步很大，一下子手臂擺幅更大，一下子走快，一下子慢，搖頭晃腦，花招百出，只爲了當一名稱職的瘋子——好吧，說得也是，任誰在路上看見這類不按牌理出牌的瘋子一定敬而遠之，絕對不敢上前招惹。

「只要我不尷尬，尷尬的就是別人。」她正確使用了網路老司機名言。

「也就妳了。」我向她比了個讚，沒別的，不愧是不看別人眼色的我妹妹。

「Of Course～～正好可以運動，順便發洩一下情緒。」她明顯心情好多了。

「哦？不錯欸，的確可以發洩情緒，妳這個觀點有說服到我，那好，我知道了，以後太晚回家我也這麼做吧。」我想像了一下躍躍欲試，好像挺有意思的。

「不是，不一樣，妳不演瘋子也可以，和那個無關。」

「那不然呢？」

「二姊姊的問題是缺乏警戒心啊。」妹妹一語道破。

「好吧……是嗎？也沒有這麼缺吧？」

「有。」

「湯飯那次呢？」

「噗哧。」聽到關鍵字馬上笑出來，她知道我說哪一次。

有次我日正當中走在中和巷弄裡，從天而降一包湯飯砸中我，紅白塑膠袋裝著，像水球一砸就破，液體無情飛濺，我全身無一處不遭殃，砸開的塑膠袋裹著有料湯飯，覆蓋在我的腳背上，重點它還熱熱的，我第一時間受到了極大驚嚇，愣在原地，動彈不得，抬頭看見有道身影閃進屋內，喊不出聲。

「那是變態還是瘋子？」

「偏瘋。」

「他是故意的嗎？」我實在納悶。

「不然呢？」妹妹傻眼。

「請我吃飯？」

「妳是不是沒跟人家說謝謝？」

好的，我沒有警戒心。

四部　樹洞不存在

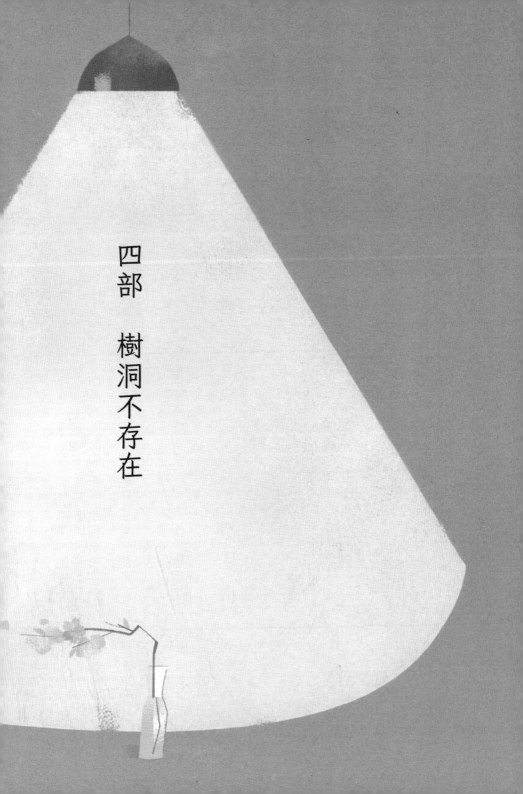

20 目睹千絲萬縷一起峰迴路轉不打結才知道是人各自有各自的打算

我住在六樓，公寓頂樓，是房東預售購入五樓時和建商協議多蓋的半層。公寓沒有電梯，沒有設置管委會，第一次和房東約碰面的時候，對方說幾年前一度打算增建電梯，但因爲遲遲沒能和低樓層住戶取得共識，目前暫時擱置中。房東向我說明公寓現況的語氣裡有股不知從何而來的歉意，我順著氣氛接話說沒事，樓梯不陡，我向來把上下樓梯當作日常運動，更何況沒有電梯是看房前既定且已明確告知的事實，房東無須獲得任何人的諒解。

房東稱讚我有同理心，我尷尬回答沒有，不是的，這是常識啊。她聽了依然露出感謝我能夠理解的神情，逕自塞給我一張「稱讚連連好人卡」，我愣了一下，盯著房東大概有半秒的恍惚，倏地又像被誰提了個醒似地拉回現實，眼前浮現考試卷正確答案——當前和房東一來一往的進退應對，是初次見面的人們容易自然形成的正向交流態度，是一種示好，這不是難以應付的情況，是自然現象。

房東見我抱持不批判的開放態度，索性進一步補充事件細節。三樓住戶家中的高齡長輩在前年大病一場，導致生理機能急速退化，上下樓變得艱辛，主事的家長爲此改變了立場。本來三樓和二樓同爲低樓層住戶，同一鼻孔出氣，現在卻反轉變成了第二次提議增建電梯的發起人，但那也於事無補了，兩年過去依然卡關，只要二樓住戶不願意，一切沒得商量。

房東是個溫暖心善的人，說不了狠話，僅喃喃重複了幾次——都是等到自己有需要了才想到必須要。比起嘲諷，感覺房東話裡加總起來包含更多的是遺憾。

我也終於明白自己爲什麼對房東突兀給予的「稱讚連連好人卡」感到不自在了。房東藉由和我的交談驗證自己內心的認知，以及所堅持相信的眞理，或許她在過去許多時刻因爲顧慮各種人情世故而沒能據理力爭，她的歉意裡夾帶怒意，怒意背後是無能爲力，積累了情緒，而我在那瞬間感受到她一直以來的難處。

於是乎，我在搬進來之前已經知道整棟住戶經常性沒有共識，也在搬進來之後，通過固定時間倒垃圾的機會觀察鄰里超過兩年，這就是爲什麼我不好奇整棟住戶能夠耐住性子不修理公寓大門，放任這扇門的零件逐一失去功能。

我向房東反應過幾次，毫無意外地得到房東的頻頻低頭賠不是，我回答沒有，不是的，我不是要責怪房東，解釋自己純粹因爲房東不住在這棟公寓，按理很難第一時間掌握情況，所以才選擇在必要的時刻向房東更新進度。我當然相信房東出面處理過，同時也十分清楚這其中每個人都有各自的立場，情理之間僵持不下本就正常，我甚至認爲除非發生直接危及住戶自身權益的事件，否則非得等到這扇門垮下來，大家一起迎接共業。

雖然很不想這麼自損，怎麼貌似我的個人業力比整棟住戶集體加起來要多吶？或許在我不知情的其他時刻，大家各有遭遇，各有體會。或許吧。

「妳見過二樓住户嗎？」

「沒有欸，倒垃圾固定遇到的也都是三樓以上的鄰居。」我準時打開視訊。

「難道是王不見王？」妹妹在視訊畫面前坐了下來。

「搞不好哦，不過，也有可能是因爲二樓住戶白天不在家吧，我住的這區有兩個收垃圾時段，下午五點直接在公寓樓下，晚上九點在巷口，下樓走過去還要一段路，但也不遠，二樓應該是倒九點的吧，上班族友善時段。」

「妳知道二樓是做什麼的喔？」

「呵呵，知道，五樓說的，倒垃圾的時候遇到五樓鄰居，她跟我說的，公寓一層兩戶，二樓其中一戶全家是老師，另一戶全家是醫師。」

「噢……哇嗚……」妹妹點了點頭，露出本想說點什麼但選擇不說的微妙表情。

「不覺得神奇嗎？就算先前聽到房東說，或其他鄰居描述二樓住戶的種種事蹟，我還是沒辦法掌握對方明確的形象，直到偶然知道對方的職業之後，腦袋不知道爲什麼突然咻地一下子把他們的性格、氣質，甚至是邏輯思維，直接框出一個範圍，先入爲主地腦補上了他們之間大致的情況，嗯，這其實很政治不正確。」

「這很正常吧？大家都會這樣判斷，只是不會有人特地說出來罷了。」她迫不及待邊打開剛買回來的食物，邊說明自己爲了準時和我視訊是如何百米衝刺回到住處。

聽著妹妹分享的日常，內心漸趨平靜，她會在我泛起罪惡感之際提醒我這根本不算什麼，說我的觀察一向不帶批判，框出範圍也是單純方便釐清，無須放大。

我買了好吃的素食回到住處，這間素食的紅燒湯是我最近的心頭好。

妹妹選擇她住處附近連鎖超市Sanwa的熟食，她在鏡頭前秀了秀鹽燒雞肉串，搭配啤酒享用，還大讚自己順路去全家買的章魚燒，表示比Sanwa的好吃太多，說我去日本一定得試試，我的口袋裡大概累積了八百項妹妹要我嚐嚐的美食名單。

和妹妹視訊用餐這幾年來，我陸陸續續從她口中收集了許多日本生活情報，儘管Sanwa的熟食區終年被FamilyMart打趴，我對Sanwa的好奇心還是多一些，因爲逛超市更能看出生活的軌跡，像我獨自一人也經常去巷口的全聯或家樂福。

「反正門有修好就好，其他的別管了。」妹妹只在意我出入公寓的安危。

「嗯，但總覺得哪裡怪怪的，可能因爲不是找專業師傅處理的關係吧，修好還是有點鬆鬆垮垮軟綿綿的，感覺這扇門很厭世。」我用全身肢體表演擬人化的門。

「妳腰好囉？做這麼大動作不痛嗎？」她吃著飯後甜點泡芙。

「不痛，扭腰也不痛，包青天也快好了。」我湊近畫面摸了摸額頭，印堂發黑的感覺還眞的不是普通地差，生理影響了心理，那陣子做什麼都不順呢。妹妹聞言點了點頭，吃完一個泡芙再打開草莓蛋糕，我沒想到要買甜點，就喝著熱茶。

「所以妳什麼時候要來？」她在吃得津津有味的時候出其不意地發問。

「啊……我想去呀，我已經五年沒去日本了。」最想造訪妹妹居住的城市。

「那是什麼時候？」她淡定追問。

「我可能要先看一下機票才知道什麼時候，再跟妳說。」我順著思緒回應。

妹妹聽了沒多說什麼，拿起正在和我視訊的手機操作其他功能，鏡頭暫時關閉，我見狀起身收拾碗筷，把手機架在水槽上方的位置，邊洗碗邊繼續和她交談。

「我週末要去做田調，之前一起跑電影宣傳的同事有練泰拳，我請她幫忙預約了泰拳體驗，因爲我正在寫的長篇小說裡有角色設定的需要。」

「泰拳？不行吧？妳骨頭會散掉。」她提高了音調。

「就只是跟著一起練習而已，也想說趁機轉換一下心情。」

「那妳來日本轉換心情呀，我們去玩。」她重新打開鏡頭，說自己昨晚睡前幫我查了機票，列出幾個她認爲可行的日期，我才後知後覺她今天視訊是要確認我傷癒，放心沒問題才推進她預想的旅行計畫。

「哈，妳不是要上班？哪來的時間？」我說。妹妹在公司集團穩定工作四年多，所屬單位就她一個台灣人，因爲能力出色，相當受到長官器重及同事喜愛。

「我辭職啦～」她俏皮地說。

「蛤？」我聞言當場愣住——什麼時候的事？

「兩個月前吧，我已經在家耍廢兩個月了。」她毫不猶豫回答我的疑問。

「蛤！」我睜大眼睛盯著她——妳怎麼現在才跟我說!?

「哈哈，因爲二姊姊看起來很忙咩，我就先沒說，我想說等妳來了，我們去玩，等妳回台灣，我再去新公司報到——」她又直接回應我內心的吶喊。

「哦哦哦？新工作確定了？」我終於管住自己驚訝到失控的嘴巴。

「還沒欸，還在看，在挑。」她說，她不希望自己在我去日本期間被工作綁架，屆時只剩週末才能有完整的休息時間，她無法隨心所欲安排活動或耍廢。

「啊……新……妳工作要不要先找？」

「二姊姊先來。」

21 離開之前明白暗地裡的發現通常不愉快

翌日下樓，我聽見鄰居也正準備出門，從對方和屋內長輩交談的聲音距離推測是四樓住戶的兒孫輩，回應家人的態度略顯不耐煩，關門同時頻頻敷衍回應好了知道了我會記得啦我不會再去了啦和那個沒關係。

為避免和對方打照面，我刻意放緩了腳步，保持一層樓的社交距離。

當我一階一階慢慢往下移動，聽見傳來巨大磅磅聲響，嚇了好大一跳，聽起來是碰撞公寓大門的聲音。我探頭發現對方正用力搖晃著整扇公寓大門，門明顯卡住，打不開，接著他往後退了一步，猛地一腳把門踹開，隨即頭也不回地離去，從背影可以感受到對方的怒氣。

比起無奈門又出新狀況，我第一時間對這位住戶的踹門力道感到似曾相識，莫名聯想起上次急中生智使出甩門攻擊的傢伙，他們很像，像藉機發洩什麼似的。

每個人都有自己的性格，這扇鬆垮厭世的門也是，終於展現了自己的脾氣。

像永無安寧之日，接下來幾天頻繁遭遇卡門的情況，慶幸幾次進出正好跟著其他住戶一起，自己沒使力，倒是觀察到了不同住戶遭遇卡門的對應方式不同，有冷靜打開側門的上下門栓；有嘗試按住鐵門鎖不放，向上提高門板的；當然也有像一開始那位直接踹門的。

傍晚倒垃圾再次遇到四樓鄰居，她和三樓、五樓提及因爲二樓的固執才把事情越弄越糟糕，我拎著垃圾站在一旁聽見她說自己孫子氣到直接踹門才確定那位的身分，是四樓鄰居最近暫時搬回家住的孫子，和同居女友吵架鬧到分手被趕出來。

呃……好像理解了什麼……又似乎不應該這麼容易理解……

海量資訊再度腦內爆棚，眼前情勢越發荒唐，倏地一下子認清現實般抿嘴失笑，我怎麼會和一群平時生活圈八竿子打不著的鄰里一起擠在公寓面前七嘴八舌？彷彿秒回小時候逢年過節親戚聚集大亂鬥的場面，家族裡什麼奇葩人奇葩事都有。

公寓因爲一扇門引爆業力，幾次冤枉遭罪，免不了與人相交，這與我習慣劃線的作風相悖，卻也讓我徹底意識到自己根本無法置身事外，即便將自己視作短暫停留的公寓租客，可哪怕只是一天，我也是活生生活在這棟公寓的六樓住戶，隨著歹戲拖棚，涉入越深，我內心的天秤貌似也開始慢慢傾斜，傾向站隊高樓層住戶。

如果有機會了解二樓住戶的想法就好了，可以平衡一下報導。

我認爲住在這棟公寓最有意思的地方，在於品味尋常人家的尋常事，我想我應該盡量不要缺席倒垃圾的珍貴時光。這大概是近半年來心境上最大的轉變吧。

然後也不知道是不是四樓鄰居鋪墊了孫子的背景，有了更具體的形象，我開始留意自己原來最常遇見的是四樓孫子，可能他的作息和我差不多吧，短短幾天，幾次偶遇，他經常走在我前面，以致於我不知道他的長相，卻能夠輕易辨認他的背影，包括身高、體型、後腦杓，及偏愛的穿著——我不知爲何有種最近認識了一位新朋友，但如果沒必要的話沒有很想知道這個人更多資訊的感覺。

我相信對方也抱持類似想法，我們是有意識地不打照面。

何以見得？

得知四樓孫子身分當晚，我從市區回到住處附近又遇見他，他又走在我前面，開門之後刻意伸手擋了一下，紳士地不讓門闔上，直到我隨後進去再關門。

相似的深夜，相似的溫度，相似的距離，在這一瞬間，生活裡的枝微末節，我可以清楚感受到自己與對方的氣場，因為一扇有情緒的厭世的門，我們有著必須相互關照的默契，從默契裡解答對於彼此的好奇和困惑，而我確實在這天抬眼見他順手留門的身影，頓時得到了答案——四樓孫子正是那位急中生智的住戶。

託福卡門效應，我無須逐戶敲門追究便能確認他們是同一個人，雖然沒有正式從對方口中證實，純粹彼此心知肚明，這其實是一種相當微妙的心理狀態。

我沒向他澄清我不是跟蹤狂，他卻已經對我懷抱歉意。那是我在他最近一次伸手擋門瞬間感受到的，他和我一樣在那個當下才意識到我是那夜的那個人。

記憶的碎片透過一次次彼此解圍的過程回到原來的位置，拼出事件的原貌，這就像是壓根沒想過要玩拼圖卻意外拚出了個宇宙冠軍，沒有驚喜，只有驚愕。

還不如不知道。

這就是為什麼我會說我們對於彼此抱持類似的想法。我們不想知道對方的模樣，無法再有更多的交流，問題不在對方，而在自己。可能我們在那個深夜時分拖著疲憊的身軀，步步感受世事帶來一盆又一盆泥濘裹覆尖刺，傾瀉淋頭，無力釐清，以脆弱的原形遇見了對方，扭曲了彼此，到頭來鬱結於心，於是乎如此奇形怪狀的澄清及歉意反倒剛好，是我和他最適當的社交距離，終究我們都會釋然自己曾經的無能爲力。

至少半夜再遇到他，走在他身後，他不會再誤以爲我是變態跟蹤狂。

無預警了卻一樁心事，我把注意力放回自己的日程安排。

自從妹妹提議我去找她，我開始認眞動起心思，一方面有意識地把近期約定碰面的會議或田野調查盡量提早，不那麼趕的，往後推遲一個月再見。

另一方面，正在撰寫的長篇故事裡，部分內容涉及日治時代的人物設定，包括後代子孫，的確有實地取材的必要。我盤算藉由赴日探親的機會做田野調查，核實檢討原先以過去經驗和想像作爲基礎設計的情節。透過久違再次造訪，與角色一起沉浸日常，把走過的路和看見的風景轉變成另一張認知地圖，進一步踏實尚未釐清的脈絡，像我們的生長環境養成了我們，角色也得眞正落地。

或許是想到自己能夠一步一步完整作品吧，我莫名亢奮了起來。

成天上上下下，頻繁進出公寓，把階段性工作限縮在兩週內一併完成，這意味我遭遇卡門的機率大增，當然我也嘗試過幾次鄰居統整的開門技術，結論是，方法的確有用，但不是每一次有用。

除此之外，根據我每回出門前的觀察，每天的門況都有些微的不同，說來頗哭笑不得，二樓住戶依然沒有要放棄親自修門的意思，門已經被搞成這副德性了竟然還能堅持不假他人之手，我由衷敬佩對方的執迷不悟。

總覺得無法一次修理到位是因爲對方本身也沒太多時間花在修繕上。說不定對方也焦急，像無頭蒼蠅，和我們一樣疲憊不堪，整棟公寓彷彿集體進入莫比烏斯環的無盡迴圈。抱持著說不定是自作多情的可能性，我實在想知道二樓到底什麼時候修了門？爲什麼從來沒見過他們之中的任何一個，既然無法置身事外，又不想繼續混在住戶群裡只聽抱怨吸收負面能量而不作爲，那就改變吧，打不過就加入吧，我的手作美術能力不算差，可以互相切磋、教學相長。

動念的隔天，我先到大稻埕做田野調查，晚上和朋友聚餐結束再回到住處，約莫十點半，掏出鑰匙開門，閃過一絲念頭，啟動了墨菲定律——

我又卡門了。

情況變得比先前更糟糕，再怎麼使勁推也推不動，手掌痛得要命，過去任何有效的嘗試沒想到在此時此刻完全不起作用，就這麼折騰了許久，幸運額度提前用光光，期間沒有住戶進出，我只好先坐在花圃邊上稍事休息。

早春入夜寒風刺骨，體感驟變，凍得直打哆嗦才察覺自己快著涼，腦袋感到昏沉沉的，接著開始流鼻水，心想不妙，不能再坐以待斃。擤了擤鼻子，起身往後退一步，再往前用力踹了門一腳，砰的一聲，聲音響亮，擾人清夢，偏偏公寓大門文風不動，我顧不得擾鄰又奮力踹了一腳，這回踹歪了，腳狠狠拐了一下，整個人重心不穩地倒靠在停放玄關的機車上，倏地從腳底板開始整條腿發麻，痛得眼角飆淚，殘酷的是，公寓大門依舊文風不動。

正當我窘迫頹坐在花圃邊上思考該如何是好之際，啪的一聲，門開了。不是被我踹開的，是住戶出面解圍，開門的是一名中年婦女，我沒見過她。她開了門與我四目相交，扶住門示意讓我先進公寓，明顯知道我被困在門外，我愣了一下起身說謝謝，因爲右腳還有點麻，所以跛著腳進門，然後一階一階慢慢上樓。本來以爲這位大姊接著要出門，結果不是，她跟在我身後一起上樓，我才意識到她是特地下樓幫我開門的，趕緊一個轉身停下腳步讓道。

「不好意思吵到您。」我尷尬地說。

「沒有。」她淡然回應。

「您……您先上去吧，我走比較慢。」我駐足在二樓梯間。

「我到了。」她指了指我身後，示意我擋住她家的門。

「噢噢抱歉。」我馬上又閃開讓她進屋，同時震驚她是二樓住戶。

事情發生得太快，大姊回家的速度更快，我甚至連一句話也沒機會能再對她開口，明明稍早還在心裡盤算千百次要和對方之中的任何一個見上一面，萬萬沒想到命運如此不按牌理出牌，我反應又慢，盯著對方進門，愣在原地好一陣子。

當我不知道她是二樓住戶，我感激她特地下樓幫忙開門，當我知道她是二樓住戶，我依然感激她。我以爲我的感激可以蓋過她這些日子以來造成的不便，結果沒有，我才清楚自己的眞心，原來自己就像那扇鬆鬆垮垮軟綿綿的公寓大門，察覺自己感激對方的當下特別厭世，感激對方救助自己同時，反感對方的自以爲是。

我想我是被關在公寓外面束手無策太久了，情緒更滿。

隔天一早被冷醒，身子凍得直顫抖，連打了好幾個噴嚏，氣喘發作，腦袋發脹，不必祭出溫度計量測也知道自己正在發高燒，果不其然，前一夜受風寒是壓垮駱駝的最後一根稻草，距離出國不到四日，心想得盡快把症狀壓下來，得馬上去巷口的診所看病打針拿藥。孰料甫起身下床，腳踩落地，劇痛到直接腿軟跌坐在地板上，我低頭發現自己右腳腳背腫得像顆發酵的麵團——這是什麼屋漏偏逢連夜雨!?

這下可好，究竟該先去看感冒，還是先去看腳傷？

無論想先處理哪一項都得先作快篩，要是二次確診，接下來再多做什麼都白搭，反正一定沒辦法出國，我頭昏腦脹地連滾帶爬來到客廳翻出新冠肺炎快篩試劑，測試結果是陰性，稍微鬆了口氣，穿上外套，頂著高燒先去診所挨了一針。

不得不說，一個燒糊塗又腳受傷的病人要從六樓一階一階下至一樓，看完病之後再從一樓慢慢地爬上六樓，光單趟花費的時間就比平常多三倍，不是普通艱辛。

妹妹得知我的情況，比我還要緊張，出發前和我頻繁視訊確認我是否無恙，並且警告我不准再管公寓大門的任何一丁點事，進出要是再被困住就直接請房東處理，別再下樓倒垃圾，別對誰好奇，順利搭上飛機前不准再輕舉妄動。

這也是我有生以來第一次這麼勤勞吃藥狂灌水，第一次如此期盼自己早日康復。我個人的感悟是，得過新冠肺炎之後得了感冒不容易好，身體都知道，再病下去，哪裡都去不了，於是我嚴格遵守按時吃飯、按時服藥，三餐加睡前，連續吃了三天沒好全，出發當天又跑去多拿七天藥。

至於腳傷，慶幸沒傷到骨頭，可筋肉腫脹也眞夠受的了。我第一時間打電話給協助我預約見識泰拳的同事，把下場體驗改成場邊觀摩，由於是出國前安排的最後一回田野調查，加上又是不熟悉的領域，我不想放棄初步接觸的難得機會。

翌日，我跛著腳去了泰拳運動俱樂部，艱難地度過美好的田調時光，同事趁機看了我的傷勢，困惑問我是不是使用側面腳背向前踢？如果是，那是踢，不是踹，踹是腳後跟向前攻擊。我聞言愣了一下，仔細回想了自以爲帥氣的姿勢，連帶跟著舉起左腳作勢還原現場，莫名感到羞愧，我的傷勢在在顯示了我的愚蠢。

我那不叫踹，那叫自不量力。

22 只活在手機裡的我摸到了變成漫畫人物的妹妹

班機抵達成田，晚間十八點三十四分入境日本。

從第二航廈搭乘JR N'EX至新宿駅，二十點十九分下車，循著轉乘小田急電鐵指示牌，往月台尾端的通道走去，下階梯至B1通道一路向前行，轉上二樓準備出站，抬眼便發現新的指示牌。無須駐足，我跟隨下班人潮，右轉繼續直行，映入眼簾的是小田急電鐵發車資訊電子看板，定睛鎖定一班往藤沢方向最快發車的快速急行，刷ICOCA入閘，快步下至第五月台，列車正好進站，二十點三十分擠進人滿爲患的列車，途經代々木上原、下北沢、登戸、新百合ヶ丘。

列車滿載，疾速駛離蛋黃區，乘客維持剛擠進車廂的姿勢，不去使力穩住身子也被周圍其他乘客撐著不至於跌倒，我想我搭上了世界知名的通勤地獄列車。

被迫僵持在被冒犯的距離，而被迫冒犯是他人的日常。

我在他人的日常裡一路屏息，直至過了登戸駅，乘客直接少三分之一，呼吸終於變得較爲順暢，這才有心思看向窗外稍微緩神，然而風塵僕僕地搭乘夜行列車不會有欣賞風景的興致，凝視不斷流逝的不是風景，而是當下的自己，夜色襯底，我與車窗玻璃映射出來的自己對視，即便嘗試放空也會不由自主地略感惆悵。

慶幸自己這一夜腎上腺素高漲，轉移了注意力，蓋過本能的哀傷。從班機著陸開始，沿途包括機場、地鐵及共構建設在內，和我過去印象裡的東京有著明顯不同，卻也無礙我正常發揮天生的方向感，自信穿梭在交通網路複雜如迷宮的首都圈，搭上每一班預定乘坐的電車，睽違五年，寶刀未老，眼前只剩最後一哩路。

二十一點零二分，列車抵達町田駅。

我拖著行李下車，搭手扶梯上Ｂ１，駐足在通往東南西北四個出口的駅內中央。正當我不太確定自己該往哪個方向出站，環顧四周時，手機正好接到來電喊我回頭，妹妹站在北驗票閘口向我揮手，我立刻迎上前，這一路懸著的心才終於放了下來。

「和我預估的時間差不多。」妹妹開心地和我擁抱。

「快稱讚我，我征服了錯綜複雜的新宿大魔王，一刻沒停留。」我很有成就感。

「我好像沒擔心過妳迷路。」妹妹笑著幫我拖行李，帶我穿越人潮離開。

「哎呀還是要稍微擔心一下，那也是有發生過的呀，新宿太可怕了，地面還好說，人在地底下活動眞的很容易搞不清楚方位。」我說，台北車站地下街也不容小覷，那是一座地下迷宮，我曾經迷失其中，她笑著點頭附和，的確是。

好不容易脫離了地底，踏出了町田駅，回神周遭獨有的生活氛圍瞬間感染了我。妹妹領著我通過駅前商店街往她的住處方向走去，那股和妹妹久別重逢的激動直竄我心窩，讓我再次確定自己已經抵達目的地——妹妹的身邊。

我們沿著鐵路複習妹妹的日常動線，妹妹配合我放慢了腳程，印象深刻她曾經在附近巷弄變身一名有警戒心的瘋子，從前侷限於手機畫面，影像匆匆，幾乎不可能定位，如今實地造訪，一目瞭然。褪去未知的恐懼，我饒有興味地環顧四周，經過轉角一間燈光打得比其他店家都要明亮的居酒屋，名爲「大衆酒場」，店內店外貼滿豪邁手寫毛筆字的推薦菜單，我盯著居酒屋裡面高朋滿座、熱鬧交談的景象，妹妹說明天來喝一杯吧，我點頭應好。

「妳平常都去附近哪一間居酒屋？」我好奇發問。

「町田的我沒去過，應該隨便一間都可以，其實都差不多。」

「妳之前是下了班直接和同事在公司附近找一間喝吧？」

「對呀，所以我們明天去剛才轉角那間——妳現在腳很痛吧？」她話鋒一轉。

「現在？現在還好，在飛機上的時候比較痛，妳看，我右腳故意穿三雙厚襪子做固定，走路還是會痛，但也稍微有起一點保護作用，想說至少不要惡化或是二次受傷，本來還滿有效的，結果搭飛機的時候，右腳整個腫脹，已經穿大半號的鞋子了還是很緊，左腳超鬆，右腳超繃。」我邊說邊把褲管拉上來向妹妹對比展示自己的左右腳，右腳明顯變成象腿。

「因爲氣壓的關係吧。」她說，她常搭飛機，所以知道我經歷了什麼，然而我們都沒有想到氣壓對人的影響體現在受傷的身體上竟如此嚴重，也算是增長見聞。

「應該是，感覺整隻右腳眞的被壓迫到像吹氣球似地要爆炸，下飛機之後才稍微正常，沒那麼脹，當然還是比上飛機前腫，還好我穿寬褲，看不太出來。」

「本來我想說妳的腳受傷，如果趕不上車也不要急，改搭下一班就好。」

「那可不行，我一定會拚命想辦法搭到當初講好的班次。」

「我知道妳會啊，所以我不催妳，但也不阻止妳，看妳怎麼方便怎麼舒服怎麼來，而且幸好妳感冒症狀已經壓下來了。」

「哦眞的！有史以來最緊急的一次，出發前兩天才退燒，差點無法入境——我們現在走的這條就是妳平常回公寓住處的路嗎？」妹妹領著我和一票夜歸的上班族一起等紅綠燈，通過了馬路繼續直行向前，第二條巷子右轉。

我跟隨妹妹的步伐，邊走邊觀察，順便記路。日本夜晚路燈不像台灣打那麼亮，和當初我拖著行李出車站之後獨自走去家庭民宿的那條路差不多，當時不知道害怕，現在妹妹帶路，我不怕。

「不是，我們要先去採買一些民生必需品再回家，冰箱裡沒喝的了。」

「噢？噢噢噢——現在是要去超市嗎？眞的？可以嗎？」

「二姊姊不是一直想去嗎？」她笑著反問。嗯。

妹妹帶我回她的住處前，刻意繞到附近的超市Sanwa。

這間對日本人來說再普通不過的連鎖超市，卻是過去五年我和妹妹視訊經常掛在嘴邊說是自己排名第一最想親自造訪的地方。

原來妹妹一直惦記這件事，想著要在我來的這天實現它，她表面不特別強求，因爲知道我臨行前重感冒外加腳受傷，路途上可能發生變數，要是提早和我約定，擔憂我心急勉強自己，所以沒有提前催促。兩難之下她選擇安靜等待我回報每一次的當前所在，暗自盤算能否如願，慶幸老天保佑，我竟能如此爭氣地沒有錯過任何一班車，中間沒有因爲病痛耽擱，我們就這麼配合彼此的步調，不急不徐地在Sanwa打烊前半小時抵達。說實話，眞的但凡我晚一班車都不可能趕上此時此刻，腳程再慢一點點都不行，盯著前方被照明燈打亮的Sanwa巨型招牌有點恍惚，事後回想整個過程更覺得像奇蹟般不可思議——

我和妹妹，我們經常越洋視訊，隨時隨地溝通，不必憂慮通話費，不必匆忙表態，即便相隔兩地也依然相伴，我們可以面對面一直聊天，也可以背對背完全不聊，各做各的事，想到什麼才開口。對話有一搭沒一搭的，手機快沒電都無妨，上個廁所，換個位置到插座充電，確保我們之間時空連結不中斷，最長紀錄八個半小時。

我們會約好在節慶日一起吃飯，規定菜單比平常吃得再好些，她買她想吃的，我買我想吃的，再各買一瓶七百五十毫升的梅酒，視訊舉杯，喝光爲止。

相較我對節慶的無感，妹妹注重生活的儀式感，舉凡萬聖節、聖誕節以及跨年，吃喝主題各有配套，心血來潮也要求dress code，即便人去了日本也是。她總是找藉口希望二姊姊能吃好一點，別隨便進食，偶爾也點外送給我。

當我過生日的時候，妹妹會買一個圓形蛋糕，我也買一個圓形蛋糕，然後我們視訊一起點蠟燭，誠心許願，再一起大口大口吃蛋糕，換她生日的時候也如此。

還記得有次我忙著趕稿，把自己的生日忙忘了，妹妹點了兩個蛋糕外送到我的住處，我收到打開笑翻了，一個人哪吃得完啊？其中一個六吋大的黑森林蛋糕，另一個是香草鮮奶油蛋糕捲，她讓我兩種都嚐嚐，她覺得這間店的蛋糕捲更好吃，只不過，慶生還是得圓形蛋糕才行——這是我們家的不成文規定，生日慶祝一定要買圓形蛋糕，不可以買切片蛋糕，蛋糕捲也盡量避免。那次視訊她自己也買了草莓蛋糕。

當然，不只吃飯，偶爾妹妹會帶我出門，Tour她居住的城市。她會先把手機的拍攝鏡頭轉向前方，而不對著自己拍，並且在過程非必要不交談，否則對他人失禮。如果出現連她也沒去過的地方，她便帶著我一起冒險，這種時候特別有趣。

彼時我彷彿就是躲在妹妹胸前口袋裡的迷你外星人。

瀏覽掠過的風景，看著，也聽著，和她一同感受當前正在經歷的生活碎片。

假日去芹ヶ谷公園探險，下班順道去FamilyMart帶宵夜回家，週間到Sanwa採買新鮮蔬果及日常用品，跨年元旦凌晨摸黑徒步走去菅原神社參拜，又或冬日那種外面漫天大雪，家裡已無存糧必須出門覓食的時分，我都一起參與。

從初來乍到，到輕車熟路，我在視訊畫面裡陪伴妹妹度過了春夏秋冬。

我像是只活在手機視訊畫面裡的人，並不眞實存在。

說眞的，稍早抵達町田駅還沒有太大感覺，直到踏進Sanwa那瞬間，自動門打開，奇幻感隨之湧現，過去五年視訊交流的記憶和眼前的景象重疊，當我伸手觸碰畫面便穿越了時空，二次元變成三次元，只活在手機裡的我來到了漫畫人物的眞實世界。

五部　凝視時間滴答滴

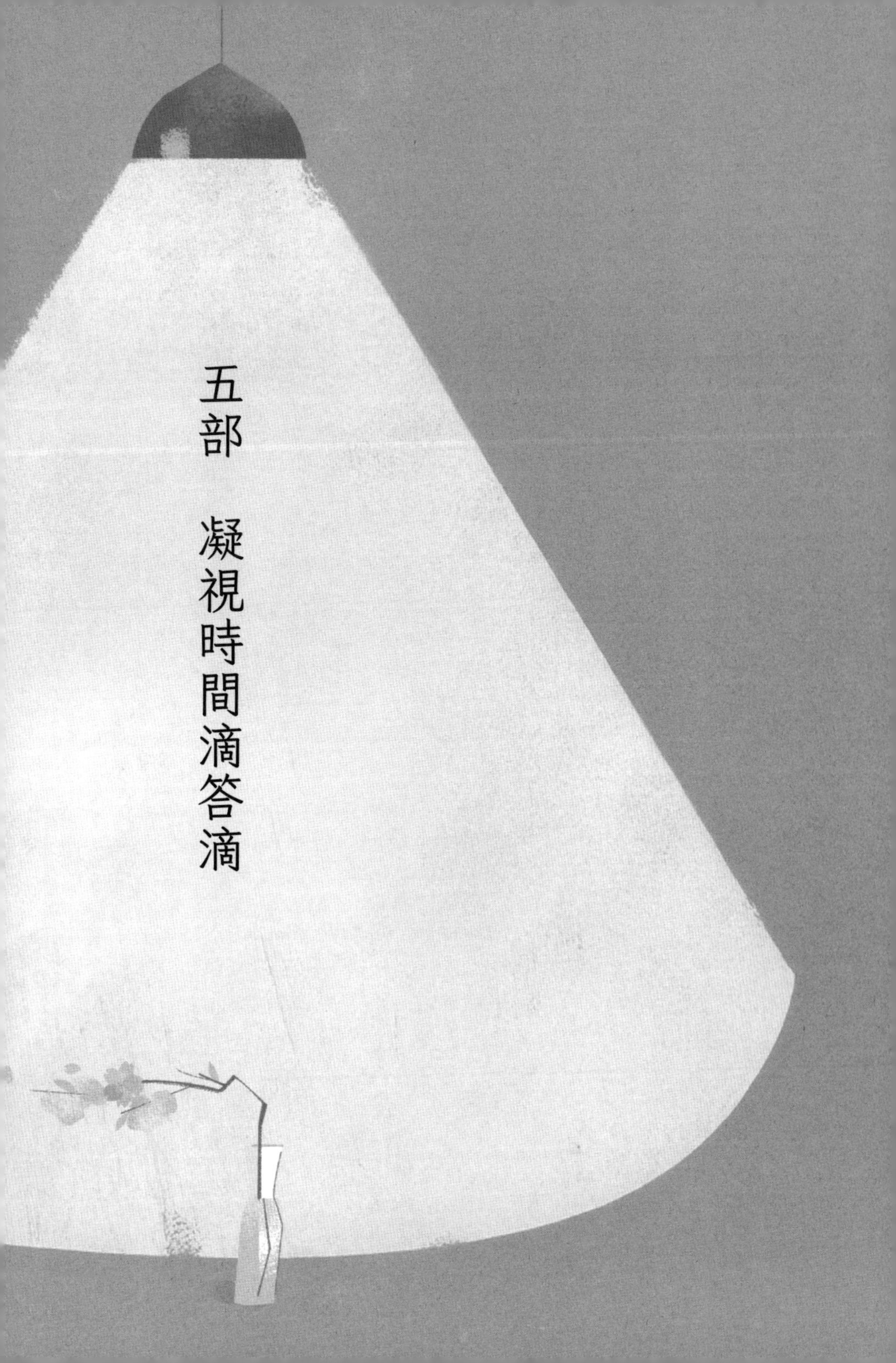

23 發現最近的自己仰天大喊我真是謝謝你呀的次數變多了

三月二日，清晨五點三十四分，妹妹醒來之前，我已經醒了。開著暖氣睡覺還是感覺冷，戴著口罩，穿著厚襪，裹著毛毯，蜷曲身子，我試圖想再睡回去，不怎麼睡得著。裹緊毯子側過身去面向窗，發現窗簾沒拉好，開了縫，外面天色尚未呈現魚肚白，連靛藍也不是。些許寒氣透窗，我輕輕伸出手拉攏窗簾，微幅改變了附近空氣的流動，聞嗅日本的早春。

六點二十分，妹妹的手機鬧鐘響了，她按掉繼續睡一會。

六點半，鬧鐘再次響起，她沒有猶豫直接起床盥洗，我保持側躺面窗的姿勢不動，聆聽她的動靜，沒多久她回來臥室簡單保養皮膚及化妝，換上合身的黑色套裝。期間我忍不住擤了幾次鼻涕，妹妹知道我是醒著的，我們沒有交談，十分默契地各自安於當下的狀態，直到妹妹準備出門在玄關穿鞋，我說了聲掰掰，她回了掰掰。

不到七點，妹妹出門上班。

與原先的計畫不同，妹妹本來打算等我回台灣才確定新工作，孰料，緣分來得太快，擋也擋不住，考量到邀她面談數次的公司在現階段各方面環節符合她的理想，條件優渥，對方也夠積極爭取她的加入，我鼓勵她盡量去試試。

儘管不愁找不到好工作，但也可能過了這個村就沒這個店了，所以當妹妹還猶豫著是否該推辭對方的錄取，只爲遵守和我一起玩耍的承諾，我首先表明這趟來主要是到她居住的城市和她一起生活，對行程滿檔的觀光沒有興致，只打算安靜地待著。她不必因爲找我過來又覺得沒能好好招待我而歉疚，我甚至感謝她是唯一讓我離開台灣的藉口，路上的風景已足夠我自得其樂，如此一來，甚好，平日她上班，我寫稿，晚上碰面，週末再安排活動。

我沒有預知能力，和妹妹說這些話的時候我人還活蹦亂跳，如今又病又傷，反倒具體坐實了當初的想法，我眞是個說到做到的二姊姊呀，心裡意外踏實，一點失落感都沒有。

凡事一體兩面，人類無法忽視生理病痛，因爲病痛會明確地讓人感受到不舒服，我也硬撐過不看病不養傷，也有任由患處自行康復而留下病根還心存僥倖的經驗，仗著自己活得恣意又隨性，追逐著眼前更在意的人更重要的事，就這麼忘了照顧自己許多年。

身處在後疫情時代，被病毒無差別攻擊過的多數人們大抵與我產生相同的感受，這才有機緣意識到所謂的病根，存在感如此之大，感冒不容易好，病痛不會輕易消失，並且這完完全全無關年紀，更無關個人意志——我所擁有的這副軀體隨時可能變得不堪一擊。

呃——垂死病中驚坐起，暗風吹雨入寒窗——再次領悟到，精神層面的挫敗多是從不可違逆的物理經驗點滴堆疊而來。

從被迫放掉當下自己認爲更重要的事開始，人生第一次認眞遵守準時吃飯服藥調整作息的規則，病況卻不見好轉，只能回歸原始的求生本能，我只能集中專注力去感受生病的自己，必須對自己多點耐心，必須更細心釐淸自己當前的狀態。

撇除感冒，每挪動一步便感到刺痛的腳傷也是，哪怕勉強自己動作再快一點點都會換來更腫脹的腳。歷經幾次挫敗才懂得臣服於誠實的血肉之軀，接受暫時走不遠的自己。同事聽聞了我的情況便安慰說這可能是宇宙的主意哦，因爲知道我像顆打轉的陀螺，所以故意要讓我休息，讓我慢一點。

當身體遭受病痛折磨而不得不被迫放下外界的眼光，連討好誰的心思不會有，只能先停下來檢視自己哪裡出了問題，我才知道自己很少在乎自己的感受。

所謂自己的感受，包括向來自詡意志力強卻因此忽略心裡受的傷。

希望我趁機好好休養的是我的親友同事，至於宇宙嘛，大概祂想對我說點別的吧，以一種出其不意，凶猛又極端的方式，像藏傳密宗的大威德明王——文殊菩薩的憤怒化身，祂一下猛地壓住我的頭，提醒我接下來該怎麼去做才算好好活著。

呃我發現自己最近仰天大喊我眞是謝謝祢呀的次數變多了。

妹妹出門沒多久，我喉嚨乾癢，咳嗽咳到胸痛，艱難地坐起身，喉嚨乾涸，嚥了嚥口水，明顯感覺到突起異物，拉下口罩，牛飲五百毫升溫開水。爲了定時服藥，我從冰箱拿出前一晚在Sanwa買的切絲生菜沙拉和板豆腐，因爲都是冷食，可以緩解喉嚨不適，吞嚥更容易。

生菜沙拉沒太特別，和台灣的差不多，都新鮮，日本略贏在種類多樣化些，超商除了推出五顏六色的沙拉組合套餐，另外也提供不同切法的生菜絲。至於豆腐就不一樣了，日本超市販售的盒裝豆腐不僅口感細緻滑順，黃豆香氣濃郁醇厚，是驚爲天人的美味，吃一口，感冒好一半，再一口，活蹦亂跳。

謝謝你呀日本豆腐，Thank you very much。

24 蓬（ヨモギ）

我在路旁發現一叢野草，覺得眼熟，蹲下來拍了張照，盯著它仔細觀察好一陣子，還是沒能想起來它是誰，點開手機搜尋頁面輸入關鍵字：「日本　可以吃的　路邊　植物」，結果出現了日本春季常見的可食用野草，隨著漸漸浮現在腦海裡的記憶，對比一系列植物圖片，確認了這叢野草的名字叫作ヨモギ，蓬。

蓬（ヨモギ），春天的野草，又名魁蒿。

和一般熟知的艾草類似，同是菊科蒿屬，是用途廣泛的民生植物。

艾草更像總稱，蓬是種，日本原生種——所謂原生種指的是，藉由自然演化而繁衍於在地的生物，沒有摻雜人爲引入因素。台灣也有原生種，多達十五種，其中最常見的名爲五月艾。除此之外，地球上還有許多地方生長出各自區域的艾草原生種，外觀大同小異，用途及療效相似，但是彼此沒有關係，連「親戚」也不是——這對我來說比世界上有三個人跟你毫無血緣關係但長得一模一樣的都市傳聞還要不可思議。

原來我記得它。那是幾年前我瀏覽網路無意間讀到一篇分享旅行冷知識的文章，內容介紹日本當地的人行道路旁長滿了可以食用的野生植物，其中一種便是蓬，通篇用字遣詞幽默風趣，作者建議大家未來窮遊日本不小心餓倒路邊的時候可以直接摘草充飢，千萬不要輕易放棄生命。我對於作者荒唐又實用的玩笑話印象特別深刻，滿腦子畫面胡亂跑，不自覺地把關鍵字和配圖牢記在腦海。

本以爲只是一次都市叢林裡的偶遇，沒想到當我蹲低身子，無預警從另一個角度看向世界，一下子看呆，放眼望去，遍地是蓬。

從一叢蓬草變成一片蓬海，那幅景象有點不寫實，有種距離失準又失焦的浮動感，太陽穴兩側皮下的肌肉抽動了一下，連帶整個後腦杓燒燒麻麻的，這是突然改變姿勢才導致短暫的頭暈目眩。我本能地使勁緊閉雙眼，用力把臉皺成一團，再緩緩睜開眼，生理不適很快消失，眼前依舊遍地是陽光照射下閃閃發亮的蓬。

出乎意料的情節發展，心被觸動，這片日常風景恐怕連在地人都沒能駐足欣賞過，如果有，也是少數例外，比如低頭的狗、昂首的貓、蹓躂的烏鴉、被媽媽牽著小手經過的幼幼班孩童，還有此刻的我——世界是立體的，當從高處往下瞧，所有的存在變成色塊，方向變得清楚，視野也變遼闊；當從低處往上看，光影立見，層次立現，個體變得鮮活，感受變得深刻，情緒自動放大。

更年輕的時候我會讓情緒恣意膨脹，深刻感受，會覺得那就是青春。

我蹲在路邊盯著蓬不知道發呆多久，整個人看起來就像紅線違停，路過的居民刻意瞥了我一眼，銳利的目光戳穿了時空，瞬間把我拽回當下。我依舊蜷著身子，挪了挪腳，視線高度不及一隻中型犬。轉頭望去那人已走遠，是位穿著簡約素淨的老奶奶，只見她步伐優雅的背影映在藍天白雲裡，沒有一絲老態，像《霍爾的移動城堡》的銀髮蘇菲。我感覺自己其實是從另一個時空被她捲過來她的世界，置身在色彩明亮的日本動畫電影裡，眼界所及，連滋養蓬的土壤和人行道上的灰色小石子都顯得格外有存在感。

手錶震動示警，提醒我心率長時間過高，我才察覺自己已經屏住呼吸好一陣子但不自知。緩緩吐了氣，再深吸氣，我想我剛才是眞的去哪裡兜了好幾圈也說不定。我感到慶幸，同時也失落，這是意識回歸引發的情緒副作用，獨處的時候尤其明顯，這種經驗人們日日經歷，只是通常因爲太過幽微而無法輕易釐清表達感受，以致於錯覺自己總是一個人寂寞。

浩瀚宇宙固然絢爛美好，不著邊際也是事實，任由思緒飄得太高太遠必定造成反噬，於是我在一陣天馬行空過後，將目光落在搜尋網頁裡以蓬作爲材料製成的草餅（くさもち），看起來很美味。

草餅是和菓子的一種，做法是把蓬揉進糯米糰子，所以也叫蓬餅，成品長得像甜的草仔粿，或類似我從小吃到大的客家菜包，完全可以想見口感有多麼軟Q。明明吃了早午餐才出門，現在肚子又餓了，老實說，不只草餅，草仔粿和客家菜包我全部都想吃，腸胃不爭氣地活躍蠕動，引發無法抑制的食慾，就在這時手機螢幕跳出妹妹傳來的訊息，問我在幹嘛。

「蹲在路邊」

「？」

「我發現妳家附近路邊有可以吃的野草」我打完文字，附上蓬的照片傳給她。

「是喔妳不是腳痛？」她無視了蓬，問她想問的。

「痛啊，還很腫，左腳穿鞋子好緊繃，繃著走路更痛」

「幹嘛不找地方坐」

「現在要去了」

「去哪裡」

「車站附近幾間咖啡廳，google map評價不錯，看了不喜歡就去Tully's」

「又Tully's？」

「嘿呀想喝tullys抹茶拿鐵」

「午餐？吃什麼」

「還沒想欸」

「快去吧不要不吃」她說，我可以想像她的語氣更像姊姊。

「哪裡，我來有超多想吃的，想跟妳一起去吃」但自己一個就沒必要吃。

「那是什麼」

「嗯嗯」

「?我今天不會加班，妳想想晚上想吃什麼」

「ㄎㄎ好唷」

人真正的心意，不在字面上，也不在情緒裡，是包含以上所有表達的背後。

25 我想一定是我的表達方式出了問題才讓事態往奇怪的方向展開

妹妹視訊的時候向來對我買的食物不感興趣，她傾向推坑她愛吃的讓我去試試，或讓我快點飛去日本找她，她帶我去吃好吃的。類似的情況在台灣也發生，撇除各自出門的上班時間外，我們放假基本一同用餐，多數時候吃妹妹想吃的東西。不是妹妹不徵詢我的意見，而是我沒有意見，跟著妹妹的選擇反倒可以品嚐到許多美食，她說好吃的一定美味，從來沒帶我踩過雷，唯一的缺點是容易售罄或突然熱賣到斷貨，屢試不爽。

我對吃的不講究，平日偏好的飲食大致幾樣：清炒大白菜、清炒綠竹筍、無調味烤生豆皮、冷凍白吐司、豆腐，種類不多，調味基本清淡，前述最不可或缺的是豆腐，幾乎每天都得吃。也因此，我台北住處的冰箱裡常備各種豆腐，傳統市場切塊的、超市盒裝的。至於首選的食用方法是即開即食，直接用湯匙舀來吃，不加皮蛋或柴魚，不沾醬油膏；第二種食用方式是把豆腐放進烤箱烤，不另添調味；第三種食用方式是煎，在鐵盤上或炒鍋裡放一點橄欖油，把豆腐煎至金黃色即可盛盤。

除了偏好原味豆製品外，按照國情文化地域不同衍生出的任何豆腐料理變化型我也都喜歡，全部熱烈歡迎——世人都說當我眞心喜歡一個人，無論對方變成什麼樣子我都會愛他。豆腐化成灰我都認得，唯獨可惜不能再吃了。

甚至，我還保有憧憬，每次看韓劇裡有人拎著一塊板豆腐遞給進出警察局或監獄的主角吃了過運，我都會盯著那塊用黑色塑膠袋裝著的豆腐，心想不知韓國豆腐味道如何，好奇口感如何，但願下次去韓國有機會可以品嚐。

不知道從韓國市場買到的豆腐，和出獄一定得吃的豆腐，是不是同一種？

如果同一種，難道會因爲購買豆腐的用途不同，嚐起來的味道也不同嗎？

又或者是反過來，因爲處境不同，心情不同，食物風味自然變得不同。

舉例吃一碗豬腳麵線，平日裡吃和在特定情景吃，如過壽、去霉運，豬腳麵線本身沒有不同，是在特定情景賦予豬腳麵線意義的人吃了心情會不同，彷彿被加持被救贖被洗白般，心隨境轉，那碗豬腳麵線肯定變得更加美味——難道我還得跨海爲了一塊韓國當地的豆腐而犯罪不成？仔細想了想，我好像無法爲了喜歡的人知法犯法吶，所以我也必須承認這世上確實有我觸及不到的豆腐。

說起來生豆腐是我的口味基準，我偏好的飲食多半沒有太複雜的調味。例如我偏好吃冷凍白吐司，也覺得剛出爐烤好的吐司好吃。這之間的差別在於，當我一口一口咬著冷凍吐司吃不是單純感覺好吃，更多的是，我想讓自己沉澱下來；又或者，我偏好新丁粄，油煎不灑鹽水更好，沒有鹹味干擾，品嚐糯米混蓬萊米的香氣令我著迷，讓我感到平靜。更不用說豆腐無須料理，僅僅存在已是美味。

總而言之，我喜歡簡單的食物，無論吃起來或看起來。

妹妹從很久以前便經常拿這件事說笑，說家裡就我一個人愛吃齋飯，吃得比出家人還要清淡，盡是些沒味道的東西。偶爾連母親大人也看下不去。

曾經有一陣子，母親會提早在我回家前幾天開放我點菜，只要是我想吃的、喜歡吃的，她說不要客氣盡量點吧，身為廚神絕對會實現我的願望，滿足我的口腹之慾。

正當我興高采烈準備開口之前，母親先一步設下前提，指名哪幾道菜不准我點，其中包括一塊板豆腐、清炒大白菜、九層塔炒冬瓜、煎生豆皮或炒豆乾，類似選項統統不准點，她說這些稱不上菜。本來連蕃茄炒蛋也不被納入請求，是我拜託好幾次自己只吃她料理的蕃茄炒蛋才獲得恩賜。

開放點菜大概堅持了幾回，由於我點來點去就那幾道，即便看在一般人眼裡也不怎麼像話的菜式，母親決定不再開放點菜，同時也霸氣地不准我過問，橫豎等我回到家直接開箱滿漢全席，我負責張嘴就可以了。

母親其實委屈，我兒時毛多，不像妹妹好養，當她下廚做菜給妹妹吃的時候總是能獲得極大的成就感，因爲妹妹什麼都愛吃，包容性強，既不挑食，回饋也多。我見過母親看著妹妹吃東西時心滿意足的表情。父親也是，妹妹會陪他解嘴饞，母親平日裡不准父親吃的下午茶點心，父女倆會一聲不吭結夥溜出門放風偷吃。

我似乎不曾單獨和父親一起度過如此美好的午後貪食時光。

自從開始學習下廚做料理，我可說是徹底理解了母親的心情，要換作是我，我也想做給妹妹吃，而不是做給像我這般離譜食性的孩子。

儘管我是如此麻煩又傷她心的孩子，母親仍會盡可能保留我偏好的食材，替換那些我不習慣嘗試的味道，換一種料理方式去打造全新的菜色，藉此提高我用餐的興致，且依然兼顧美味及營養。而父親也會因爲我無意間稱讚了某樣食物，或可能僅僅表達了好感，說了句喜歡，夫婦倆便聯手起早摸黑去南苗市場找回來，只因爲他們覺得要從我的口中明確聽見我喜歡什麼東西很難——等等，等一下，我不知道，我的表達有這麼不明確？明明在生我養我的父母眼裡，我從小到大一直難搞得很確切，他們竟然還能有志一同地看不懂我？他們倆一個理性一個感性，意見經常相左，要是連他們都有共識，那差不多也概括全世界的想法了，原來他們曾經在背後認眞討論過我，想來也實在逗趣，爲什麼不能直接問我呢？我一向有問必答的啊。

記得有次沒能回家過元宵節，我打電話關心，逗趣詢問兩老有沒有吃湯圓？我猜沒有，果不其然，父親說家裡就他和母親，人少，煮了吃不完，再說湯圓熱量太高，吃多也不好，索性不煮，我聽了立刻附和，就是說呀，我喜歡桂冠芝麻湯圓，也喜歡花生湯圓，爲什麼桂冠湯圓不能出一盒一半一半呢？一半芝麻，一半花生，各五顆，爲什麼只出一盒十顆全是花生或全是芝麻的湯圓？對於小家庭很不友善呢。

父親聽了說人家做生意的嘛。我接著分享自己偶爾拜訪朋友們的住處，打開冷凍庫，裡面多半會放著開封過的桂冠湯圓，因爲大家都怕胖，只煮一半，剩的一半通常會躺在冷凍庫躺到過期，直到來年元宵，屆時還得買新的。

舊的捨不得丟，又多新的，冰箱冷凍庫裡一直長出湯圓變成了都市傳說。

「家裡已經好幾年沒吃了，現在過得比較養生。」父親說。

「沒關係啦，反正也沒有一定得吃，難怪我爸我媽都是童顏呀，原來祕訣是不吃湯圓，不吃就不會長大了，歲數不會往上長。」我搞笑地說，隨後聽見父親說話帶笑，我在電話這頭也咧嘴笑了。

我期盼的不多，純粹希望當這個世界迎來任何闔家團圓歡慶的節日，他們不要覺得太孤單，如此而已……眞的……眞的萬萬沒想到，等我下次回家，甫推開廚房推門，發現餐桌上剛煮好一大鍋薑汁桂冠湯圓，裡面有芝麻、花生，以及新口味流沙湯圓，共三十顆！我走近見狀定格在餐桌前，這才意識到父親在上次通話裡聽見我說喜歡桂冠湯圓才煮了這貨眞價實的一鍋，我完全沒料到桂冠湯圓會從正月十五跟我們跟到三月春暖花開。

是我大意了，忘記先前類似的經驗，我在電話裡提及好像很久沒吃新丁粄，結果下次回苗栗，餐桌上多了一盤煎得金黃焦香的新丁粄。當時雖然高興能夠久違地嚐到新丁粄，但還是詫異得頻頻發問爲什麼會有這個？怎麼會有？新丁粄甚至不是固定逢年過節出現的菜色呀。在客家庄的傳統習俗裡，新丁粄是唯有家中新添男丁才會製作的糯米糕點，通常會選在元宵節製作，用以叩謝神恩，添丁賜福，祈求祖先和神明保佑新生兒平安長大，顧名思義，稱之爲新丁粄。

大概我看上去的表情困惑多過於開心吧，母親事後告訴我，那是父親一早特地跑去南苗市場找回來的，市場販售新丁粄的攤販本就少，父親對品質又要求，費了點勁，孰料我卻展現出不怎麼想吃的樣子——冤枉啊大人，我當然高興，當然感動，這世上誰會無條件替我們張羅吃喝？當然是眞正在乎我們的家人呀，無奈我的臉天生就長成這副德性，腦內活動多的時候面無表情，這就好比別人嘟嘴像賣萌，我像賭氣。吃了天生的悶虧。

回憶起這段往事，爲了不想再讓父親失望，回神面對餐桌那一鍋桂冠湯圓，我選擇猛吃，殊不知沒吃幾顆直接胃脹氣，最後還是得由難得回台灣的妹妹出馬，她面不改色地一人包辦十三顆湯圓，我則撫胃蹙眉依然以不怎麼想吃的表情結束這回合，難以洗刷冤屈。

道理懂的都懂，我想要盡可能陪伴，無論透過通話或是回家，父母和妹妹也是，大家都是盡可能付出自己的心意。儘管食物之於我並不是最要緊關注的，但是對父母和妹妹來說可能是最實際的，透過製作或分享具體的東西，更容易去判斷或感受對方起伏的情緒，即便僅僅是提及關於美食的話題也能夠作爲交流的依據。

另外又一次，我回鄉和父母開車出門，忘了過程中聊到什麼，母親大人突然開始調查我最愛的水果，問我是不是最愛吃芒果？她很少這麼眞摯詢問我的飲食偏好，一般的媽媽都是透過從小觀察孩子的食性得知孩子的偏好，我的媽媽自然也不例外，私心猜測可能因爲我長年北漂的關係，媽媽心血來潮想要更新或重新確認女兒的食性有沒有改變吧？我聽得出母親大人發問的口吻裡帶有絕對的自信，我的回答對她來說只是一種趣味性十足的double check，說不定她和父親爭論過這題，還打了賭，現在問我求證。

眞正長大成人以後，父母親在我眼裡無論做什麼都可愛。

所以比起回答我最愛的水果，我更想滿足母親大人難得的好奇心，做到有問必答。因此當她胸有成竹地問我是不是最愛芒果，我認眞地想了想回答還好。

「那就是草莓了。」她立刻換了種水果問，不等我解釋爲何芒果不是答案。

「呃還好，草莓是當季吃得多，不過不到最愛的程度。」

「所以是荔枝沒錯吧？」她接著又問，明顯是按照她心裡的排序發問。

「荔枝好吃欸，但是我好像還好欸，也沒有非得吃。」

「蓮霧？」

「噢！對！蓮霧！我可以一次吃好幾顆，可是……好像沒有到愛，就還好——」

「妳不要吃！統統不要吃！還好還好——每次都還好還好！」母親瞬間爆氣，殺得我措手不及，頻頻轉頭確認她嚷嚷的表情、癟嘴賭氣的模樣。幸好並不是認眞生氣，她純粹是受不了我回答不乾脆，說我平常老是把還好掛在嘴邊，很難判斷我到底想什麼，到底是還好什麼啦還好!?

「冤枉啊大人，您問的是最愛的水果，最愛欸，愛很嚴重欸，我沒辦法對任何一種水果承諾愛——」我搞笑加重了尊稱的語氣。

「呷賽啦！」母親勃然截斷我的解釋，我瞪大眼睛被她的破台語嚇八百跳。

「唉唷喂呀我的媽媽咪呀怎麼這麼生氣，母親，您的氣質這麼優雅，實在不太適合說出呷賽……」我忍住笑意一本正經地回應她，我知道我的口氣確實討打。

「問妳水果，說什麼東西？」她氣噗噗，這下我可以肯定母親大人是鋼鐵直女。

「且讓小的爲您舉例說明一下，我平常不吃香蕉，久久一次突然超級想吃，我會馬上去買，然後一口氣吃掉半串，但是我不會說我喜歡香蕉，我也沒有討厭香蕉呢。或像冬天，我一定想要吃當季的草莓呀，一次吃一整盒，但是我不會說我喜歡草莓，也沒有執著到入冬非得吃，如果碰巧太忙沒機會去買或是太貴買不下手，不吃也不會怎樣。夏季的芒果也是，唾手可得也不見得主動買，大家不都和我差不多的想法嗎？所以要說有愛嗎，就算非常想吃也不見得愛——」我邊向母親說明邊留意她的表情，她先是靜靜聆聽，過程漸漸蹙起眉。

「妳那種情況也可能是鉀質流失啦。」她話鋒一轉。

「蛤？什麼質？」我一時沒跟上母親的思路。

「鉀質啊，金甲，鉀，妳如果突然很想吃香蕉可能是體內的鉀質流失，那是正常現象，身體健康的人稍微多吃些是沒關係，如果有腎臟病的話就要小心攝取。」

「嗯——是喔？原來如此……怎麼辦？幸好我的腎功能優良。」我嘴上回應她，優的發音喊U，良喊娘，視線直盯前方，忙著和負責開車的父親指路，就這麼一個不小心把想和我對話的母親晾在一旁——當下情況就像男女朋友顧著打電動或滑手機，不認真聆聽另一半說話，回頭才意識到車內氛圍產生微妙的變化。我想我的後腦杓也能閱讀空氣，當我倏地轉頭看向母親，她正目光如炬盯著我，頓時我心裡顫了一下。

「啊哈哈哈……我很健康哦，香蕉多吃幾根沒問題啦。」我趕緊亡羊補牢。

「但是妳都亂吃東西啊！跟妳講又講不聽，進食沒有一個準則，一下子完全不吃，一下子一次又吃很多！」母親把我的最愛拋諸腦後，歪樓和我計較起平日愛挑食的習慣，或許這才是她開啟話題的重點，到頭來父母更關心兒女的健康。

ㄏㄏ，ㄏ，我笑了笑。

「幹嘛！」母親見我笑得不明所以，把幹嘛喊得很賭氣。

「沒有啊，就覺得母親您好有學問哦。」我當然理解母親大人的思路，面帶微笑盯著她稱讚，可惜聽進她耳裡大抵不夠眞心，可能觀感上我把話說得太輕巧，不像過了腦，在她眼裡看來更像是我爲了讓她別再繼續嘮叨才敷衍幾句，她瞥了我一眼，傲嬌地回我一句妳少來。

「拜託，這是常識好嗎？妳不知道喔？」她是眞的活到老學到老。

「我不知道欸，我是妳現在講了才知道欸——」我笑著回應。

「吼唷——妳眞的很讓人操心欸！」母親盯著我不知突然想到什麼又補槍。

「怎？怎怎麼了嗎？我什麼都沒做呀。」

「之前妳妹在還會管妳吃東西，現在她去日本，妳一定隨便吃。」

「哪裡有——我每天都吃很飽欸，妳看我吃得圓嘟嘟的，看起來很有人情味。」我察覺母親大人話裡有點情緒，故意側頭湊了過去蹭她的肩膀討好。

「走開——不要這麼三八！不要黏著我！走開——」她別過頭去揮舞著雙手，讓我離她遠一點，可我依然如故，反而更靠近她，繼續蹭她，然後讓她搥打。

這招我是和妹妹學的，過去妹妹在家經常往父母懷裡撲抱撒嬌，當時我靜靜待在一旁觀看只覺得家庭和樂溫馨，跟著會心笑了笑。如今妹妹遠在異鄉，鮮少回國，久而久之，木訥如我不自覺地試圖仿效妹妹想當個甜心寶貝，卻不料適得其反，母親大人搥我的力道比搥妹妹還要用力許多，她恐怕是認眞以爲我被邪靈附體，抑或覺得我終於發瘋。

除此之外，眞要說我與母親大人之間，唯一和這個世界上其他母女相處的差異之處在於，每當我懷揣著綵衣娛親的心思，故意揚起聲調只爲逗母親大人歡喜，她看向我的目光不像看待一個三八阿花，她看我，像看待一名不正經的油膩大叔。

我想一定是我的表達方式出了什麼問題，事態總往奇怪的方向展開。

發神經似地和母親嬉鬧，和父親說笑，起源於一次午後泡茶時光，明明親近對坐，對話卻始終對不上頻率，這才意識到在他們度過的日子裡有我不知道的時間流逝，像平行宇宙，自成故事，例如母親口中那個妹妹出了國一定隨便亂吃的我。那個我並不存在，母親卻因爲擔憂而逕自把不存在的那個人當成我，取代了眞正的我，這是我所不知道的時間，我亦無從過問。

我想要努力追回一些悄悄流逝掉的什麼才一反常態做出過去不會做的事。而且總覺得如果表現得不夠俗套，他們讀不出我的情緒，如果作爲不夠誇張，不挨一頓打，他們不會回頭發現我，不知道我在。

或許我就該直接承認自己喜歡芒果草莓荔枝蓮霧西瓜，省略前提，捨去但書，我不該任憑思緒懸浮以至於不著邊際，飄來盪去，就我一個人端著滿盆的水果躺臥在空中玩復古拉霸水果盤，其他人踏實群聚站在地表不知我何去何從，如何與我相交。

他們要的是透過與我建立情感連結的具象人事物身上覓得一點蛛絲馬跡，當母親好奇我最愛的水果，而水果成分含帶偏好，所以在一定程度上可以根據看得見也摸得著的水果了解我的思維脈絡。儘管無法從偏好哪種水果去眞正了解一個人，但會產生情感共振，會感知我們活在同一個時空。

另一方面，原來我認爲我的前提和但書可以幫助別人更快速了解自己，實則不然，他們彷彿是聽我鉅細靡遺描述了整個四季，放眼望去，芒果樹，草莓園，荔枝結實累累，蓮霧搓揉葉子香，汁多水梨滿山長，西瓜田裡展臂迎風跑，他們聆聽我，隨著我的引導一步步走進景致美好的世界，我卻不在裡面。

換作是我，我也會失落。

任何的偏愛應當省略前提，捨去但書，如同家人清楚我偏好享用一整塊豆腐不沾醬，他們會在任何販售豆類製品的地方獲得沒來由的底氣，自然也會在早市攤販豆腐板上那幾塊白白嫩嫩的豆腐中找到對我的安全感。當我難得回家坐在餐桌前吃著豆腐那個當下，他們覺得我就在他們身邊，哪也不去。

六部　性子急但是擅長等待的人

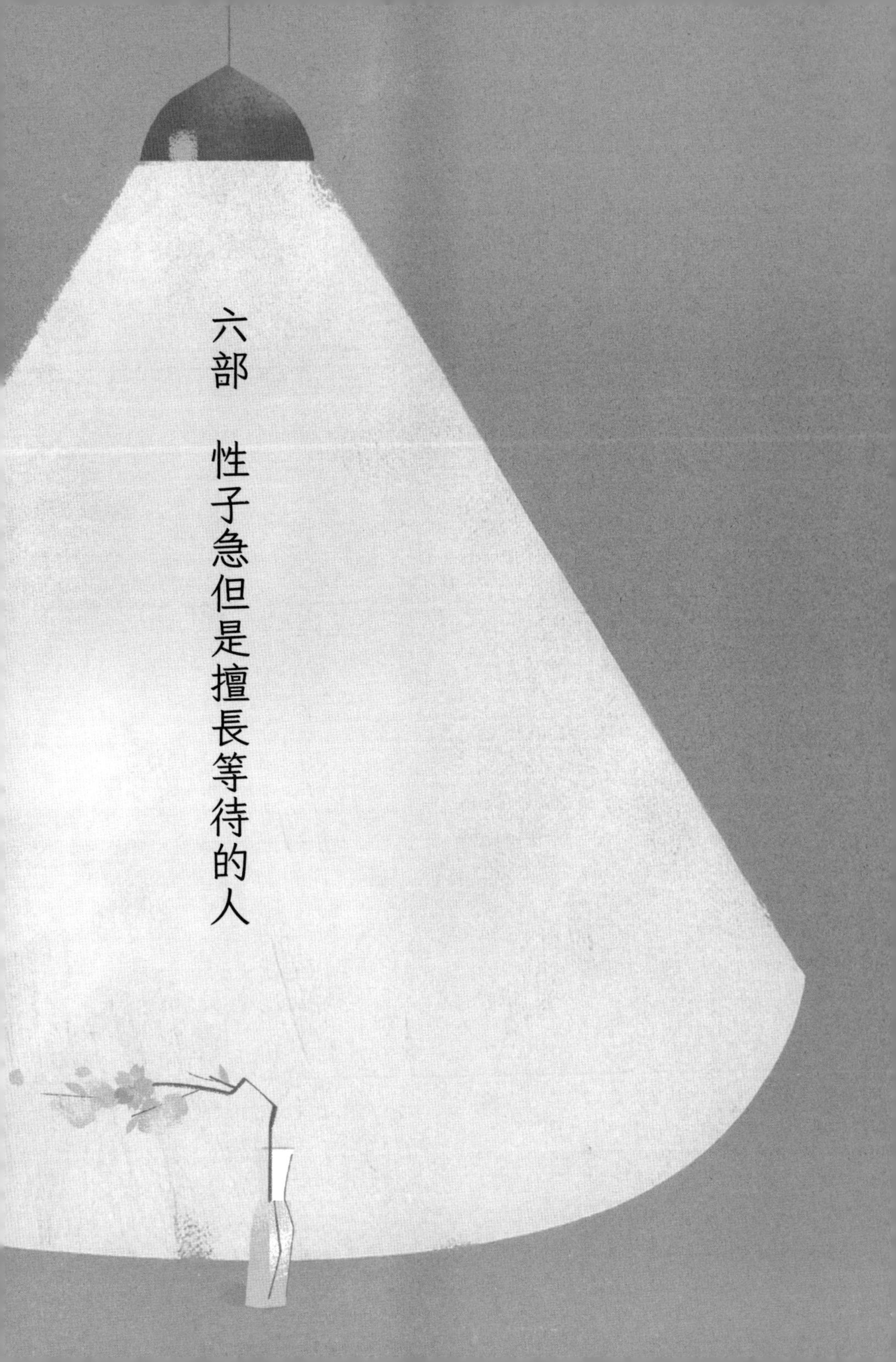

26 歷史總是驚人地相似但不會簡單重複

我每天最重要做的不是寫稿，是去駅前接妹妹下班。除了第一天妹妹站在驗票閘口歡迎我外，接下來的每一天是由我迎接她。在我們並肩走去吃晚餐的路上，妹妹會問我今天去了哪裡？都做了些什麼？我會回答去了哪間咖啡廳，分享自己選擇不同的座位，激發創作靈感的火花也不同。

偶爾我也表現得不像外地人，沾沾自喜地提供情報告訴她，我來接她的路上挑了另一條沒走過的巷弄，意外發現有趣的手作小店。本以爲是我成功解鎖妹妹尚未挖掘的都市寶藏，沒想到妹妹聽了揚起笑，接著說除了那間別致的手作小店外，再往前走幾步還有間低調隱身的拉麵店，她去嚐過幾次，覺得味道不差，但判斷二姊姊不偏好這味，因此沒有特別推薦我去。

隨著妹妹說出更多關於這座城市她所知的細節，我想著我現在爲了快速熟悉妹妹生活的氛圍所做的一切行爲，是否重疊了當初初來乍到的她。

她不像我是短暫停留，說出的風景全是走馬看花。

她沿路摸索著的是未來幾年可能長出的自己。

另一方面，妹妹大概也會想，怎麼二姊姊到了町田以後過的生活依然毫無新意？和在台灣一樣，投注熱情的選項不多，難得來了也不讓自己好過，儘管知道我是徒勞，她並不加干涉，隨便我幹嘛，反正有她在。唯獨見我對吃的不上心，可惜我白天餐餐野菜沙拉和豆腐，所以她總在和我會合之後提議去吃我沒吃過的餐廳。

印象較深的是，有天晚上妹妹一出閘口便問要不要去吃壽司郎？我反問在哪裡，妹妹二話不說直接往後站方向移動，我看懂她，就跟著她。

町田的壽司郎一向高朋滿座，妹妹提前預告可能大排長龍，等待我無所謂，她卻嚷嚷自己快餓扁，我笑著告訴她如果不願久等也可以吃別的呀，她沒接話，這就意味她要去賭賭運氣。結果當我們抵達壽司郎不僅沒有排到隊，甚至店內三分之二還是空席，目測尚可容納四、五十人。接著在我們入座後不到十分鐘，整間店從一隻手五根手指數得出來的顧客人數瞬間滿席，店外更是排起了等候用餐的隊伍。我們也是剛開始點菜，突然意識到周遭逐漸人聲鼎沸，才抬頭環顧得知盛況——果不其然，妹妹的運氣好到不能再好，我也跟著沾光。

這是我第一次光顧壽司郎，以爲基本和爭鮮差不多，然而實際按菜單羅列的選項又有那麼一點不同，壽司郎貌似更霸氣些。當我還在研究各店的差異，妹妹光速點了許多她自己喜歡的壽司口味讓我試試，沒有一盤不好吃。至於飯後甜點，妹妹點了一盤長在我偏好上面的美食——蕨餅。

我細細品嚐蕨餅，質樸無華的味道，搭配店內免費提供抹茶粉沖泡而成的熱茶，我想這一夜從妹妹出了驗票閘口，直到入座開吃的體驗會留在我心頭上許久吧。妹妹見我心悅溢於言表，她一連點了五盤蕨餅上桌，又沖了新茶搭配。

本來可以優雅地留下美好回憶，萬萬沒想到妹妹心血來潮做出一種其實二姊姊心滿意足但我瘋狂把蕨餅塞好塞滿塞進二姊姊胃袋的衝動消費，如此突發情況讓這一夜變得啼笑皆非，託妹妹的福，壽司郎正式變成蕨餅店。

27 在一層又一層的過往記憶裡翻山越嶺

來之前，妹妹問我想去哪裡，我說高尾山吧。

我去過高尾山。在高尾山還沒推出高尾山名物——天狗燒——之前我去過。

當初妹妹赴日確定落腳町田，我研究了以町田市爲中心向外擴展的交通網路，發現町田距離高尾山不遠，推薦妹妹空閒可以去走走，沒多久她去了，也喜歡。

後來視訊聽她分享她的高尾山遊記，她踏過我曾經的足跡，展開全然不同的體驗。我聽得津津有味，只不過，她形容的高尾山不是我記憶中的高尾山，陌生的登山路線、陌生的名物，她像去了別座更有趣的山。

妹妹好奇問我有沒有吃天狗燒？有沒有吃天狗屋起司塔？三福糯米糰子？還有山藥泥蕎麥麵？她說她去一趟基本嚐了個遍，甚至歪打正著享用藥王院提供的精進料理——本來是需要預約才吃得到的當季素齋，恰巧當天平日沒什麼人，也恰巧院內足夠提供，妹妹問我吃過沒，說二姊姊一定很喜歡吧。

「呃……沒有，我沒吃過。」我說，以上妹妹提及的任何一種我都不曾吃過。

「え!?まじ？妳爬上去什麼都沒吃就直接下山了!?」她很詫異。

「爬山看風景，投幣喝飲料，上面休憩所有自動販賣機，我去的那個時候高尾山還沒有天狗燒、起司塔，應該是我去了之後才開始販售的吧？所以沒吃過，其他像糯米糰子和蕎麥麵，我是沒有吃到。」

「到？沒吃和沒吃到差很多欸，妳不是跟前任一起去嗎？」

「嗯。」

「人都來了，至少會買一樣來吃吧？」

「還眞的沒有，單就吃這件事我有印象沒吃到任何東西，而且說是說跟前任一起去的，也就字面上的意思——跟、前、任、去、的，仔細回想了一下，我的腦袋裡沒出現前任的畫面，唯一還有具體印象的是插在稻草圈上用炭火烘烤的糯米糰子。」我邊回想邊描述出僅剩在腦海裡的糯米糰子，這是我第一次講述自己的高尾山回憶，說來也荒唐，明明是我力推妹妹去高尾山，結果我只記得糯米糰子。

「那妳當時一定很想吃吧，竟然記到現在。」

「搞不好哦，沒想到都過了十幾年了還念念不忘沒吃到糯米糰子。」我笑著回應的同時意識到了自己心裡不暢快。

或許和吃的無關，也可能當下發生了什麼得讓我把注意力轉移到糯米糰子的事，本來腦袋過於用力，目光容易放空，這個時候的人類等同於進入待機狀態，即便直勾勾盯著前方也不一定看得見。與此同時視覺依舊保有原始功能，概念有點類似電繪圖層，一層腦袋，一層眼睛，一層皮膚，一層開，一層關，只為方便自己專注。

腦袋裝的是情緒，糯米糰子落在畫面中央，要是把圖層全部打開，會發現畫面之下隱匿著不為人知的情感脈絡，不規則地層疊，牢牢附著糯米糰子。

我記得那一串串白白圓圓胖胖的糯米糰子，三顆一串插在稻草圈上，還沒沾裹味噌醬的糯米糰子看起來超級吸引人，我和同行的人爬山經過店舖前，我盯著被烘烤成金黃微焦的糰子，停下來沒幾秒又繼續往前走。我記得自己明明腳步已經往前走了但還頻頻回頭盯著糯米糰子的畫面，這是我當時僅存關於高尾山的記憶。

然後，我發現人類的記憶很有趣，發生在我們生命每個當下自認最重要和不重要的事，往往會隨著歲月流逝變得極其模糊，反倒流淌在這之間疲於奔命的光景被永久烙印在心底。

人類的時間也很有意思。每個人都有各自的時間，擁有的時間感各不相同。

我和我的時間在一起待得足夠久了之後才發現，原來我的時間十分有才氣，總是能悄無聲息地把記憶變成一齣齣奇幻悲喜劇。

不知道從何時開始，但凡回想起高尾山，我腦袋裡的記憶畫面變得不一樣，相同的時間，相同的場景，相同的天氣，唯有我和糯米糰子交換了位置。

我站在稻草圈上面，盯著正好經過店舖駐足回首的那個我，大抵是感受到我這串糯米糰子投射過去的炙熱目光吧，她看向我，我留意到她眉宇間有舒展不開的煩憂。沒過多久，她邁步向前，我卻移動不了，我的雙腳被釘在稻草圈上面，和其他糰子一起手牽手，眼睜睜地看著她離我越來越遙遠……我的第一視角變成了糯米糰子的第一視角，這是我目前的記憶畫面。

「妳都已經停下來了幹嘛不買？」

「妳一定覺得是我挑食不吃。」

「挑食是一回事，我覺得妳會喜歡糯米糰子，妳不就是喜歡沒味道的東西？」她倒是條理清楚。

「有啦，有味道，主要吃食物本身的味道，原味的糯米糰子，而且它們圍一圈在稻草堆上好像手牽手哦，不知道可不可以拜託老闆不要塗醬？應該不可能。」

我自問自答，日本人通常對於家傳自製的糕點有一定的勝負心，基本不可能配合客製化，貿然要求也很失禮，店家應該會困擾。

「所以當時是前任不想吃？」妹妹拉回了話題。

「他不會說他不想吃，他通常會先問我想不想吃？然後馬上再接著說，他覺得我應該不會想吃，最後的最後再補一句告訴我不想吃不要勉強，沒關係，他可以不吃。所以結論就是因爲我不想吃糯米糰子，所以我們沒吃到糯米糰子。」

「蛤？」

「是不是很像繞來繞去的繞口令？」實際就是被繞進去了，是一種話術。

「怎麼講得好像他是爲了妳才不吃。」妹妹不悅。

「哈哈，很有可能因爲這樣，導致我對高尾山的記憶幾乎都沒了吧？」

「我就跟妳說過他那個人不眞誠了吧。」她忍不住嚷嚷。

「分手之後妳才告訴我的吧。」

「這還需要等到分手之後才能察覺喔？而且交往期間我是要怎麼跟妳說？提醒了也不會聽吧，而且你們兩個看起來也不像在交往，都各忙各的，還是說，妳那個時候其實根本沒有在談戀愛？妳周遭沒有人懷疑過這件事嗎？」

「呃，母親大人。」我摸摸鼻子。

「哈哈哈哈——」妹妹聞言一秒哈哈大笑。

「就算知道我有交往的對象，她還是鼓起勇氣詢問我的性向。」我說，我至今回想起那幕還是會忍俊不禁，明明交了男友，她也見過，結果問我有沒有要出櫃？我聞言微愣，然後一本正經地回應她說我考慮看看，故意逗她。結果換她愣了一下，大概是得到意料之外的答案吧，在那之後她再沒過問我的感情。

「還不是因爲妳和前任不常見面的關係，見了面相處也客客氣氣的，會不會他連妳喜歡吃什麼都不知道？」

「我不知道他知不知道欸，我只記得我因爲不吃蔥花被他碎唸。」

「怎麼了？」

「因爲我當時還嚴重挑食吧，那次他點餐忘了跟老闆說湯麵不要加蔥花，沒想到湯麵來了發現裡面有蔥花，我還沒辦法接受青蔥的味道，所以在吃麵之前先把蔥挑掉，他覺得我仔細把蔥從湯麵裡挑出來是爲了讓他內疚，覺得我在生悶氣，做人沒有彈性，然後我就被碎唸了一頓，可能因爲我低頭挑蔥挑得太安靜了吧。」

比起理解我，他一向先糾正我。

他說他嚮往天馬行空，卻不自覺地透過否定他人來設定自我框架，並且藉此從中獲得安全感，而我獲得十足十的挫敗感。我甚至從和他的相處發現他低估了自己奇思異想的能力，我不打算跟他說，怕他太得意，他足夠優秀了，尤其我還想不到做人有沒有彈性和吃不吃蔥花之間的關聯性。

「哈哈哈哈——他應該是不知道妳挑蔥的時候在想什麼吧？」妹妹再度大笑。

「啊不是，忘都忘了，自己挑掉就好啦，媽媽做菜我也從來不敢指手畫腳，雖然我很不能適應蔥蒜香菜，可也從小被教導每道菜的風味組成就是需要辛香料去提升味道層次。要是不喜歡，等菜端上桌再挑掉就好了，挑蔥對我來說是小事。」

「妳就是會一直默默在那裡挑蔥，一點點都不放過。」她邊說邊模仿我。

「哪裡——我哪有這樣啦？所以是我挑蔥的樣子太嚴肅吧？」

「笑著挑蔥不是更奇怪嗎？像這樣——呵呵呵呵——呵呵呵——」她立刻視訊表演笑著挑蔥，面目故意笑得猙獰，我笑翻了。

「不過後來我的確也被碎唸到火氣飆升了啦，終究是年輕人，情緒被帶跑，到底是一開始挑蔥生氣？還是被碎唸到生氣？都不重要，在對方眼裡，我就是生氣了。」

「PUA？」

「按照現在的流行用語是吧，更早以前連情緒勒索的說法都沒有——我是覺得前任這個人還滿有意思的，交往時說我的優點是獨立，上司和同事羨慕他衝刺事業從來不必擔心另一半哭鬧，種種的好，可等到分手時卻說因爲我太獨立，他覺得自己沒有被需要、被依賴，彷彿他可有可無。他以前也常說全世界就只有他最了解我，只有他可以忍受我的怪異，世上除了他也沒誰了，可等到分手時才說他一直以來不知道我在想什麼，還發郵件給我，說他始終徘徊在我內心那一塊的祕密花園之外。」

「他在寫作文喔？」

「我也覺得，他的文筆確實是公認的好。」我笑了笑，這是實話，文筆好是實話，寫作文也是。妹妹認爲華而不實就是不眞誠。

閱讀前任捎來的信像讀一篇文字優美、語句流暢的文字創作，像爲了投稿文學獎而撰寫的作品，我有種「這封信一開始就不是寫給我一個人看」的弔詭心情。

儘管字裡行間文情並茂，句句斟酌，可惜他更多斟酌在句尾押韻或文字排版，而非斟酌如何向我表達情感，反覆閱讀了好幾遍，甚至重新連結信件上下文。

我始終無法感受到他對於寫出走不進祕密花園這句話產生的相應情緒，我想他純粹是覺得這句話放在句尾比較有意境吧，讀起來也有餘韻，憂傷又浪漫，當然啦，這是我個人的偏見——我見過他逕自擷取了寫給我的私訊內容，改成貼文放在公開社群。應該是他特別滿意的段落，修得簡潔又工整，沒有贅字，人人稱好，他的確名言金句寫得好，只不過，我一向不會被名言金句打動。

「是喔，那妳寫回去啊，妳這麼會寫，跟他比賽寫作文！」妹妹沒好氣。

「哈哈哈哈——什麼鬼啦！怎麼一秒變情境喜劇。」光想像畫面就覺得爆笑。

「看吧，我有沒有說過他這個人很不OK？妳說說看——妳說說——」妹妹揚起下巴，搞笑地將手背朝另一隻手的手心拍了拍，瞪大眼睛，完美詮釋什麼叫作我早就跟妳說過了吧。

「對啦對啦，以後發現不對勁，妳早點講。」我笑著應和。

也許在前任的心裡，他看不懂我，所以自然也會認爲我不夠眞誠。

記得交往期間，前任被公司指定調派駐外，扛起開疆闢土的重責大任，歸期未定，若想做出成績少說也得三年。他問我意見，我反問公司開的條件如何？他想去嗎？他說想去，看起來躍躍欲試的模樣。我聽了附和他，表示是很好的機會，如果決定去，何時出發？確定日期再告訴我。

前任聽我這麼說鬆了一口氣，覺得我明事理，一方面很高興我支持他，另一方面又漸漸感受到內心五味雜陳。他忍不住說他之前的女朋友連他出差幾天都會鬧脾氣，更何況是外派幾年。爲什麼我不生氣？是不是不在乎他？

我不假思索回答他說，因爲那是你的人生，是你的熱情所在。你的工作能力強又受公司賞識，如果你因爲我拒絕外派，將來百分之百後悔莫及，你會不斷思考自己如果當初答應外派，生活是不是會更如你的意？這種念頭會一直縈繞於心，日子久了，我們之間可能產生嫌隙，可能吵架，也可能分手。這些都不是問題，唯獨人生無法重來，所以當你開口或調侃或埋怨，哪怕是玩笑話，我永遠是理虧的那一方，無法讓時光倒流，我無法負責你的人生。誰都無法負責另一個人的人生。

他聽我劈里啪啦說明一大串之後，大概覺得我對他外派這件事回應過於眞摯，這才稍顯正色表示他的確心有定見，只是看我的反應淡然，不像其他家眷那般情緒起伏大，摸不透我的心思，本來上司和同事還特意要他回去好好安撫另一半，說搞不好會鬧家庭革命，結果白擔心了。

沒有，你才不擔心咧，你知道我不會阻止你。

是啊，我就是因爲知道妳不會阻止我，反而不知道妳腦袋怎麼想的，因爲和別人不一樣，所以很沒有安全感，妳好像無所謂。

你問我現在想什麼？

嗯。

我替你高興。

就這樣？

我點了點頭，見他像孩子般雀躍，還是忍不住追加吐槽他——反正你也不是那種別人要你別去你就不去的性格，幹嘛裝。

他看向我，留意我說這句話的情緒，我笑了笑。

反正笑就對了。

當我問何時出發，確定了日期再告訴我，那是我的在乎。

當他表示自己被指定外派，我已經開始做心理準備，所以確定的出發日期對我來說很重要，我也需要時間調適——這是我事後自我反省得到的答案。

我沒有再補充告訴他，一方面，調適心情是我自己的事；另一方面，若是我爲了安撫或討好而對自己的情感變化做出解釋，感覺糟透了。在我的過往經驗裡，會被再教育，被指說這種心態不健康，但那是我的眞心。也許他沒那個意思，可是聽進我耳裡會認爲自己的眞心一文不值。要是可以更尊重彼此的表達方式就好了。

重要的不是我愛你，重要的是我愛你——誰懂？

自此，我們分隔兩地，一年見一次，偶爾他回來台灣，偶爾我飛去找他。

我們相處的時間極少，幾天沒傳訊息是常態，他說他被工作塡滿生活，休假也得應酬，差不多喝成了啤酒肚，即便如此他還是滿意自己當初的決定。我依然替他高興，直到某天下午我在台北住處工作，接到一名日本女孩的手機來電。

女孩講的是中文，但是帶有濃烈的日本口音，我必須專注傾聽才能聽懂她說話，這也意味著我得把她說的每一個字每一句話仔細聽進心裡，才能好好回應。

女孩開門見山向我表示，她和他在一起，他們是同事，他對她溫柔又體貼，續攤喝醉了也在一起。他向女孩表明，他不能和我分開，因爲我有精神病，如果提分手，他擔心我傷害自己。

我靜靜聆聽女孩說的每句話，輕聲問她打電話來的目的是什麼呢？

可能是沒有預料到我會這麼冷靜，女孩遲疑了一下才回應，她只是想告訴我，她的存在。見我沒太大反應，她又接著說和他一起去了每一個我喜歡去的地方。

我問女孩他們去了哪裡呢？

女孩回答鎌倉啊、湘南啊、橫濱啊，都是妳喜歡的地方吧。

我聽了心裡有底，回她說這些地方很美吧，妳要說的我都知道了謝謝。

欸。

不是。

這是不是太八點檔了。

雖然發生劈腿事件在我意料之中，但讓我在意的是，爲什麼要捏造我有病？另外也不知道是不是衝擊過大，我聆聽著電話另一頭日本女孩溫柔說話的聲音，突然迷失了方向，好奇對方的長相，是不是小家碧玉？我可能不會討厭她——等等，等一下，難不成前任其實一直認爲我有病？劈腿拉筋是你的事，說我有病是過分了。

我因爲需要冷靜片刻，沒有馬上打電話興師問罪，反倒是前任先從女孩口中得知女孩逕自打給我訴衷情，急匆匆地聯絡我，對我說了一樣的話。他說女孩有精神病，單方面纏著他，他從來沒有做出對不起我的事。有意思的是他甚至可以在解釋的過程冷不防地稱讚我太厲害了，他說女孩沒想到我竟然可以如此冷靜應對她的來電，她也嚇到了，所以才會亂說一些有的沒的——看樣子我比她還瘋，病得不輕。

兩造的說詞交織著各自的主觀立場，既沒人說謊，也不存在完整的實情，我不確定自己去追究這件事的是非對錯有何意義？

撇除背叛，撇除道德，當前任與女孩曖昧，在言談之間討好求愛的時候，他是如何具體向對方勾勒我的樣子及性格？他的描述對我來說是判斷這起事件的重點——可怕的母老虎、自私自利的拜金女、吝嗇的魚乾女，還是其他更具創意的詆毀形容，值得細品，每一種描述都能從心理層面看出前任當時對我的想法，更能看清楚這是他眞正的人品。

結果我得到了一個精神病的標籤。

好奇問他理由，他說被女孩糾纏到沒輒了才會那樣說，他深怕女孩出手傷害我，對方因爲躁鬱，有著嚴重妄想症，幻想和他結婚，行爲瘋癲。當他爲了我持續妖魔化女孩，我反而停止跟隨他的描述想像女孩的任何細節。我不去想像女孩是否瘋狂，就像我不希望別人覺得我有病。

任何人願意在任何身分下交流情感，和其他人是什麼狀態一點關係都沒有。

他讓我別聽女孩說那些有的沒的，聽了就是不信任他。

那並不是一些有的沒的。

他說我開始胡言亂語。

他說他不懂我。

好吧。

腦海裡突然閃過小時候發生的事，心神稍微抽離了一下下。

我在五歲的時候被父母帶去參加鄰里喜筵，同桌的長輩千叮嚀萬囑咐一定得將我糾正成慣用右手，否則左撇子吃飯會和鄰座的筷子打架，以後長大嫁不出去，遲了改不了，到時候就可惜了。父親聽了豪氣地回對方一句慣用左手很好啊，左撇子很好，母親表面上顧著禮數，向長輩點了點頭，隨即低頭看我，更顧著我。

儘管我沒有遭遇部分左撇子在童年時期硬是被糾正成右手的慘痛過往，我也從來沒有獨自慶幸過，因爲我知道在這世上就是會發生那樣抹滅一個人天性的事，存在那樣不理解的眼光，我還是會感傷。

像過山洞，隧道裡的照明不斷刷過眼前——隨著紊亂的思緒加速，抽離又著地，躍起又墜落，我彷彿在一層又一層的過往記憶裡面翻山越嶺，再次回過神發現自己原來緊握拳頭。我緩緩地鬆了手，慢慢地張開掌，手心肉被自己的指甲扎得漲紅，出現明顯三道半圓弧形，像波浪舞，像綿延的微笑，服貼在左手腕的心率錶持續震動示警，瘋狂提醒我記得呼吸，別忘了自己是誰。

就在這個時候，妹妹輕聲喊了我，我回到現世，回到了妹妹的身邊。

「二姊姊。」

「嗯？」

「我們明天去高尾山，吃糯米糰子。」

「好呀，我想吃。」

28 三月四日週六

町田→八王子→高尾→高尾山口

高尾山名物必吃清單

天狗燒

山藥蕎麥麵（十一丁目茶屋）

抹茶冰淇淋

精進料理（高尾山藥王院）（下次）

主福糰子

天狗屋起司塔

高尾山→下北澤

下北澤湯咖哩（Rojiura Curry SAMURAI.）

~~一日分野菜20品串~~ x2

~~舒芙蕾（FLIPPER'S Shimokitazawa）~~

~~KISEKI PANCAKE PLAIN~~

~~Maple Bacon & Egg Pancake~~

下北澤→町田

（快速急行　藤澤方向）

Note

咬一口天狗燒，會笑，是幸福

十一丁目茶屋坐在面山景的戶外座位，絕讚

29 然而有些事不是我單方面不想就不會發生

三月五日，清晨醒來，伸手摸黑找水，還沒睜開眼便先坐起身解渴，清了清喉嚨，多少可以感覺自己整體狀態比昨天好些，儘管依然鼻塞流鼻水，依然腳疼，但至少還有氣力替妹妹煮一盤從台灣帶來的椒麻拌麵，搭配一顆半熟蛋；再給自己張羅了野菜沙拉，搭配一塊無調味板豆腐，簡單擺盤上桌，和妹妹共進早餐。

「二姊姊。」

「嗯？」

「妳今天該不會又要去咖啡廳吧？」

「對啊，白天去咖啡廳寫稿，等到時間再去駅前接妳下班。」

「妳這麼久沒來日本，妳都沒有想要去的地方喔？」

「我一個人想去的地方沒有，我們要一起去的地方，等妳休假我們再去。」

「妳不想去橫濱嗎？妳每次來不是都一定會去橫濱走走看看的嗎？」

「我想呀，嗯……去橫濱的Tully's坐著寫稿好像可以。」

「妳眞的很喜歡Tully's欸。」

「我昨天還辦了他們年度季節限定的湯姆貓與傑利鼠儲值卡欸，想說反正這幾天都要在那裡度過。」

「腳有好一點的話，附近也可以走走。」

「嗯……想去芹ヶ谷公園，再看看，也不一定，看情況。」

妹妹俐落地穿上西裝外套，拎起她的上班包往玄關方向移動，我起身跟了過去，她沒有主語地問了句今天要做什麼，我回答不會特別去哪裡做什麼。見她彎腰穿鞋，我伸手拉住掛在她肩上的背帶，以防背包滑落，邊和她話家常邊等她整裝待發。當她開門出去上班，我說路上小心哦，她嗯了一聲接著說いってきます。

路上小心哦，請注意安全——這兩句我對誰都一樣經常掛在嘴邊說，妹妹在台灣聽了通常會回我Bye Bye，而剛才她回應的是「いってきます」——我出門了。我聽得

懂，那是日劇常出現的生活台詞，是再熟悉不過的日常用語。她既是對我說，可也不完全是對我說，而是身處這種情境自然要這麼說，可惜我沒能第一時間反應過來對她說「いってらっしゃい」——路上小心，卽便聽懂了也只又回了她一句Bye Bye。

「いってきます」和「いってらっしゃい」約定俗成是兩句一對，據說一來一往合起來蘊含著祝福——去吧！平安歸來，是送行人與出行者之間的默契約定。

如今也讓我覺察到和妹妹之間不同於以往的枝微末節。慣用語的改變，是一種我們和時空共同養成的相處狀態，是不可逆的自然現象，是卽便關係再親近也終有一天會別離。我當然知道這件事不值得一提，這個世界沒有毀滅，但我確實在目送妹妹離去的身影時感到難以言喻的惆悵，她只是走上了她自己的路。或許這是擁有相同血脈的本能，又或者這樣的情感只屬於我自己，都好，獨自一人敏感，獨自消化，一直如此。

回頭走進屋內，服用了感冒藥，接著馬上收拾桌面，靜心地洗滌碗筷，順便清潔流理台，再一路到一旁的瓦斯爐芯及爐架。仔細清理的過程又開始隱隱地感覺喉嚨乾涸，由於爐具油膩沾手便忍耐暫時不動作。直到家務告一段落，我一把抓住保溫杯，一口氣猛灌了近五百毫升的溫開水，用以緩解喉嚨乾癢的症狀。

咳咳咳咳——不喝乾咳，喝了水嗆咳，屋裡只聽得見自己的咳嗽聲，咳得沒完沒了，咳到覺得自己的處境荒唐可笑，漲紅著臉安慰自己至少得救了。我一骨碌坐在鋪了地毯的木質地板上，整個人往後倒在沙發前，左右舒展背膀筋骨。原以爲這麼做會更清醒，沒想到迎來了睡意。我才從背包裡抽出筆電準備做事，人已經開始打盹，眼皮有千斤重，隨卽像被周公手刀劈了，昏厥似地強制關機，爲求好眠，我索性裹著毛毯，蜷曲在地板上睡起了回籠覺。

人類眞是脆弱。

軀體累了就是會被敲暈。

我沒有美夢，從小到大在我的夢裡出現過許多光怪陸離的荒誕景象，色彩濃烈又斑駁，矗立不合理的建築物，充斥超現實的空間、陌生的對話、倒吊的屍體、水溝中的裸體、恐怖的追擊。我曾經在荒蕪的都市裡開車，目睹兩旁街頭人人面無血色，沒命似逃竄許久，我才意識到原來還有另一個世界長成那樣子。奇幻又瘋狂的遭遇從來不缺，那不是日有所思，夜有所夢，更不是職業病發作，與能夠熱烈描述出來的電影場面不同，夢是世間所有情感的加總，是蒼茫，是寂然。

我不太睡覺，是不想去那些地方。

然而有些事不是我單方面不想就不會發生。

窗外的陽光灑落進屋，我蹙著眉頭從夢裡醒來，看了眼手錶，日本時間九點十分，補了將近半小時的眠，一如既往地，睡不長，補不久。我迷迷糊糊撐起身子，再度大量喝水，潤潤喉嚨，揉揉眉心，走進浴室盥洗摳眼屎。回到臥室打開行李箱，多套了件白色厚帽T準備出門，拎起筆電包走向玄關，經過濕漉漉的流理台，開了水龍頭，沾水整理睡翹了的髮尾，沒什麼用，只得順手把亂翹的頭髮乾脆塞在耳後，厚顏無恥地露出大餅臉。

從妹妹住處走到駅前商店街這段路程，我發現鞋子鬆了，低頭檢視自己的右腳，腫脹似乎消失了，腳踩地不怎麼痛，肩上的背包也不再覺得沉重。我一邊行走一邊感覺自己的身體變化，心想這會是一瞬間發生的事嗎？明明不可能，但它確實發生了，雖然不知道自己究竟做對什麼，總之身體狀態明顯好轉，整個人變得輕盈許多，終於有心思開始盤算接下來的行程，當前時間是早上十點三十四分，不算太晚。

還是去Tully's。

除了寫稿我沒有任何想做的事。

我在台灣事先搜尋過町田駅附近的咖啡廳，標記適合寫稿的店家。長時間寫作除了自備充電器以外，如果能找到提供插座的店家再好不過。還沒眞正抵達這座城市之前，我曾經因爲無法確定想像與現實的差距而輕微焦慮，所幸不安很快便消弭。尤其是當我實地逐一確認地圖標記的店家，一方面查詢評價，一方面瀏覽消費者上傳店家環境和餐點的照片，再對比店家眞實出現在我眼前的樣子，腦袋裡面不著邊際的描繪落地了，生活的氣味變得立體了，連帶原本被火辣現實無情壓扁燙平的我一點一點重新充了氣，整個人變成一顆圓滾滾很有彈性的球。

我沒想過自己會產生這種心情。

任何預設被拋諸腦後，連原本安排一天找一間有特色的自營咖啡廳光顧的計畫也作廢，選擇了連鎖咖啡廳。町田駅周遭至少聚集四間大型百貨商場，連鎖咖啡廳很多，STARBUCKS三間，Tully's三間。

即便是連鎖咖啡廳，每間的氛圍不一樣，我會憑當天的感覺選擇想去的咖啡廳，如果因為早起出門暫時沒有想法，我會先在街區走一走，或做一件事：設定已知的目的地，選擇不同的路線抵達該地，到達後，再選擇今天要去的咖啡廳。舉例來說，我出門往町田駅方向走，設定第一個目的地是超市，並且選擇不走妹妹帶我走過的路，而是選擇沒走過的小巷小弄繞道過去，當作醒腦，簡單規劃今天的目標。直到經過了超市，再開始選擇今天要去的咖啡廳。

以仔細記錄前一日的行程及感想作為進入專注寫作的起手式，我發現能更好地融合自己、銜接狀態，這一段時間被我戲稱為町田記事。偶爾我也迷信，如果這天寫作有突破性的進展，隔天我會再造訪同一間咖啡廳，延續昨日的手感，如果窩了半天，只是不停地重複修改同一段舊稿子，誤入迷宮走不出來，我會再點一杯抹茶拿鐵，作爲安慰，也重新調整步伐，隔天再換一間咖啡廳。

仔細想想也有點可笑——我到底在幹嘛呢。

愼重嚴謹卻又徒勞，大費周章地失敗，又自我說服一切本該如此。我懷疑自己是不是還在追尋什麼我應該知道但這輩子遺忘的東西？明明我沒有美夢，連追垃圾車都感到疲憊不堪，更厭煩紅綠燈裡的小綠人加快腳步。

事實也有可能是，我偏好最簡單的食物，穿最輕便的衣褲，喝最普通的連鎖咖啡，簡化生存的基本所需，是爲了平息內心紊亂的思緒，沒來由地惱火。

我在不停做出選擇的人生裡不斷平衡，平衡人際關係，平衡價值觀，平衡許多老早被世俗定義的對錯。找回創作的節奏也一樣，既篤定又迷茫。本來做成一件事，往往需要對自己付出極大的耐心，當別人放棄理解你的時候只要學會說一句沒關係，還能咬著牙繼續前行，重要的是不要放棄自己，可以對自己惱火，但是不要太討厭自己，容許顧左右而言他的自己。觀察、做著看似與現實決策無關的小動作，是一個人的戰爭，是沉澱自己的過程。

一直在路上，去了另一個世界也不會有終點。我們是鴨子划水那雙水面底下的腳。

30 既然來了就去AXIS CoinLaundry洗一整天衣服

三月七日，沒怎麼睡。

妹妹六點四十出門，我起身整理床鋪，昨夜睡前打定主意今天要去Tully's小田急マルシェ町田店喝抹茶拿鐵，理由是前幾日坐在該店的特定座位寫作，有相當程度的進展，難得文思泉湧必須打鐵趁熱——原先的確是這麼打算，只不過計畫往往不如心理變化，本來想盡可能早起醒腦，孰料迷迷糊糊去了趟廁所回來，經過廚房，便開始動手整理起家務，就這麼一路整理到八點多。

妹妹平日工作忙碌，作息不固定，幾乎沒有太多時間好好整理家務，住處的儲物間裡累積許多拆開的快遞包材、紙箱、保麗龍，及寶特瓶、玻璃罐等待回收的物品，我按照回收的種類分開堆疊成幾座小山丘。多半是從去年疫情期間積累來的。（註：本章節第一稿撰寫日期為二〇二三年五月）

會不會病毒還藏在儲物間？誰也不知道。

日本的防疫措施相對佛系，在台灣嚴防新冠病毒擴散的同一時期，日本的居民必須勞碌上班。還記得那個時候妹妹的部門同事輪流確診，造成人手不足，公司規定發病員工只能夠休息五日，五日後無論快篩檢測是陰性還是陽性，一律復工上班。

儘管妹妹僥倖逃過一劫，沒有確診，但是她一直暴露在充斥病毒的高危險環境之中，因此我合理懷疑儲物間裡面隱匿了大量病毒。

要是再稍微想像一下，如果病毒是人，我打開儲物間第一眼看見的搞不好會是層層堆疊的屍體，病毒集體喪命的畫面——也許我該做的就是把儲物間的門關牢即可，眼不見爲淨，但是不行，迴避可能變成隱憂，或成毒瘤。

昨夜我抽出沙發旁書報收納架中，標示著這一代住宅區三月份丟垃圾時間的資料表，搞懂了日本的資源回收分類——今天丟可燃垃圾，明天丟塑膠類，後天是玻璃製品，大後天是兩週一次的舊衣回收，和紙類安排在同一天。居民必須徹底遵守什麼時間丟什麼分類，不是當日指定可丟的，不可以拿出來放，違反規定會被貼紙條拒收。至於居民放置垃圾的地點，則固定是在住家旁或樓下的垃圾箱，而垃圾車會在固定時間清運垃圾。

我決定在離開之前，一天一個種類，逐步清掉儲藏間成堆的回收物。

突然有了動力。

打掃了浴室，丟了今天的可燃物，分類明天的塑膠製品，踩扁寶特瓶縮小體積，玻璃瓶暫時排列放進紙箱。那邊的整理告一段落，這邊則開始處理待洗衣物——首先我把妹妹常穿和不常穿的衣物分成兩區，各兩袋；工作場合穿的襯衫自成一袋，其他沾了污漬清不掉及破損嚴重的集中一袋，共六袋。

我披頭散髮站在玄關，直勾勾盯著分類好的待洗衣物，心想原來我今天打算洗衣服，而不是去Tully's啊。如同早晨腦袋還沒正式開機，身體卻本能地先勞動了起來，我相信這其中一定有什麼是我暫時無法憑藉一己之力馬上頓悟的。

當我順從軀體的行動，透過最原始的方法，盡速釐清自己當前的心意。

第一個覺察到的是，在釐清之前，必須先把囤積在內部的所有東西傾倒出來，再來清點在自己遺忘的角落究竟藏了些什麼，該淘汰，該留下，該清洗，還是該改造，必須明明白白才能決定接下來該何去何從。

第二個覺察到的是，無論當初因著何種緣故，把現在看上去絕對是廢物的東西塞滿儲藏間——過去大環境充斥病毒，暫時迴避不清理很正常，不要責怪自己當初太懶散，事出必有因，感激現在鼓起勇氣面對過去的自己。

第三個覺察是，雖然我正在收拾妹妹的儲藏間，實際上我清理的是自己的儲藏室。這是透過專注投入勞動獲得的醒悟。在我的儲藏室裡該傾倒出來的世紀病毒、回收物，以及巨型垃圾，遠比妹妹的要多得多，明明病入膏肓該比誰都要迫切，卻只顧著抑鬱，空想但不動作。

紛飛的思緒終於開始聚焦，現實世界的我沒有停下腳步，馬不停蹄的勞動使我更條理分明。我提起其中最重的兩袋待洗衣物出門，前往距離妹妹住處走路五分鐘的轉角處畸零地。那裡有一間二十四小時營業的無人自助洗衣店，名爲AXIS CoinLaundry，位於我每天進出必經的道路上。

抵達町田的第一天晚上，我跟著妹妹走回住處的時候就被它的燈火通明吸引。白天再次經過更覺得窗明几淨，座落三角形畸零地的建築兩面採光，空間被極大化利用。我駐足在大面窗前，盯著店內運轉中的滾筒洗衣機感到十分療癒，哪怕靜靜注視也能獲得片刻安寧。之後日日經過，日日心裡想著一定至少要過來洗一次衣服。

今天正是期盼的那天，沒想到——顧著提衣服過來，忘了帶錢包。

幸好身上還有一張出發前故意藏在外套內袋以備不時之需的五千円，殊不知是在這個時刻派上用場，應該不算醜一。

然而接下來面對的問題才是難關。店內的兌幣機不接受五千円，機器發出的語音貌似在不斷重複說明該如何兌幣，以一種極其客氣的口吻要求我正確使用。可惜我是零國語言，日語沒有分毫進步，只看得懂這台機器無法用五千円換一千円紙鈔，僅供千元鈔換硬幣，或五百円硬幣換一百円。

另外撇除現金支付，這台兌幣機還能使用Suica或其他電子支付，我沒有使用電子支付的習慣，不理解電子支付如何兌幣。語音指示更難懂，盯著螢幕操作失敗了好幾次，最終作罷。由於這是一間無人自助店，基本上無人可問，好不容易來了個居民，對方明確表現出不想與人交流的態度，我也不好打擾，前前後後獨自折騰近半小時才搞懂這台兌幣機。

狼狽的我把衣物暫時留在洗衣店，趕緊跑去附近的全家便利商店把五千円找開，買了新推出的火腿小黃瓜三明治，把大鈔換成零錢。

各位觀衆，邁向成功操作兌幣機的第一步就是換好零錢啊！我辦到了——我興奮得一手緊握零錢一手握三明治，一邊自言自語般吶喊給自己聽，一邊狂喜飛奔回洗衣店，手中的三明治差點沒被我握爛。

明明兌幣是那麼那麼一件小事，明明知道是自己愚昧又不長進，還是興奮，是種僥倖的興奮。

好快樂。

我沒有選擇洗脫烘一體的機型。

在愼重比較之下，我選擇了一般型洗衣機，洗脫之後再單獨烘衣。

於是我穩住因爲奔走而急促的呼吸，將零錢塞進洗衣機，成功操作了指令，以普天同慶的心情把拎來的兩袋冬季衣物一件一件內裡拉出來反向外，再扔進滾筒裡面，確定沒有其他問題，我才戰戰兢兢地按下啟動鍵，終於正式開始洗衣服啦。

當我開心得不自覺仰頭喊出Yes，發現掛在左上角天花板的監視器，它，盯著我。儘管是台機器，可總覺得它有表情，或者該說，那是透過監視器畫面盯著我看的人的表情。

環顧四周，店內至少懸掛四支監視器。是我大意了，這個空間舒適到令我卸下心房，錯覺無人自助店就真的無人監控。我故作鎮定走出自助洗衣店，一路走回妹妹住處，再拎過來兩袋衣物，盡可能表現得俐落，順手啟動了另一台滾筒洗衣機。

店內洗衣機全數運作中，暫時沒有空機，我還是先把剩下兩袋提過來排隊待洗，回頭再留意第一批衣物的洗脫進度，機台顯示還需等待三十分鐘。我趁著空檔走到店外透透氣，近距離欣賞對面付費停車場旁公寓前種植的柑橘樹。在藍天白雲的襯托之下，滿樹黃澄澄的茂盛果實更顯耀眼，熟透了的柑橘自然落地，有些掉在樹下，有些滾到路上，還有一顆不知怎地轉了個彎滾到自動販賣機前面，不合理的運動軌跡像誰的擺拍惡作劇。我蹲低身子仔細盯著這顆叛逆的柑橘瞧了瞧，沒撿起來嚐味道，就怕別人以爲我偷摘他們家的柑橘，得不償失。

沒多久，第一批衣物洗好了也烘乾了，衣物變得鬆鬆軟軟，味道香噴噴。

店內提供足夠的平台給來客整理洗乾淨的衣物，摺衣服尤其方便。

通常我會選擇先摺褲子，從質料硬挺的牛仔褲開始，棉褲可以隨便亂摺，但我尤其不擅長摺西裝褲，可以水洗的那種，摺線永遠對不好。長裙又更難，搞不清楚該怎麼摺才能完美，我總是重複摺了又摺，摺幾次仍舊不滿意。

襯衫倒沒那麼煩惱，反正穿出門前還得再熨燙過，而且先前也問過妹妹，她買的都是不必送乾洗的襯衫，她說她都直接水洗，省得麻煩。

再來是上衣。

我選擇先摺各種厚重的秋冬T——帽T、圓領T，妹妹偏好穿oversize，摺起來體積較大，第一件得挑摺起來體積最大的上衣，將其摺好之後放在最底部，往上堆疊的衣物永遠必須上方的等於或小於下方的才方便疊高，平衡很重要。

厚重到輕薄，外套到內衣，邊摺邊分類，手動，腦也得動，摺衣服是一種學問。

另外，妹妹的連身洋裝也頗多，難度意外不比長裙，相對好處理。按照我自己摺下半身衣物的原則，連身洋裝會被歸類長裙一區，我偏好先摺連身洋裝作底，層疊在連身洋裝上面的是裙子或背心，絲綢等軟質料通常也被我歸在同一區。

老實說，這一區再怎麼求好心切地摺，看起來都會是一坨跟沒摺差不多的樣子，但那無所謂，反正不會縐。即便如此，我總是摺了又摺，摺了再摺，心有不甘再摺，折騰自己直到心裡眼裡過得去爲止，但，又不是眞的覺得可以，我只是屏息告訴自己，好了，可以了，到此爲止。所以我通常都放在最後摺。

我的感想是摺衣服比洗衣服還要疲累許多，時間花費更多。洗衣服是洗衣機累，不是我累，摺衣服則得憑我一己之力去習得學問。更何況這才第一批，我滿腹就有這麼多的過去和過不去。接下來，同樣的事還得重複做兩次，每個下一次都必須改善上一次沒能堅持做好的遺憾。每一次的發生都是新的狀態，世上沒有所謂的原地踏步，即便看起來兩次一模一樣，那也不一樣，每一次都是完整自己的過程，終究能摺出一次賞心悅目——不知爲何洗個衣服搞得像投胎輪迴似的。

然而稍後得再輪迴兩次。

好不容易完成第一批，馬上第二批也已烘乾，熱騰騰得名副其實。理應要一鼓作氣接著做才有辦法扛得住精神，卻無預警一下子感到頹喪心累，後知後覺發現自己又渴又餓，忘記吃早餐，心想是時候進食補充熱量以支撐體力，否則心情可能要跌進地獄谷底。

我走到店外的自動販賣機投了罐熱可可一口氣喝光，求生似地翻出包包裡稍早差點被我握爛的火腿小黃瓜三明治咬一口——普通，偏鹹，但作爲早餐足以充飢。事實證明，在日本，雞蛋沙拉三明治才是王道。

能吃是福，進食是良藥，疲勞的軀體被明確鼓舞，重新活了過來。

回頭繼續投入第三輪洗衣工作，眼見整理平台放滿一落一落的乾淨衣物，爲了下一批做準備，必須空出位置。我把摺好的衣物小心放進另外準備的大型衣物袋裡，比起可以隨意亂塞進洗衣袋拎過來的髒衣服，摺好的乾淨衣物放在袋裡更佔空間，視覺上更有成就感。

午後把第一批洗好摺好的乾淨衣物送回妹妹住處，再到店裡整理第二批。

當第二批送回住處，第三批烘乾完成，我再度感受到自身體弱，喊了中場休息，跑去投了瓶桃子口味機能飲料，做了簡易的伸展，收尾最後一批衣物。

整趟洗衣行程從早上九點半開始，下午四點十分結束。

我在妹妹住處和自助洗衣店之間往返數次，直至徹底脫離了摺衣地獄，真的是，摺到最後覺得自己也像衣服一樣被摺半再摺半，摺成生豆包似皺皺扁扁，氣力用盡之後迎來強烈的飢餓感，餓得我前胸貼後背。

臨去前，我抬頭向四方監視器打了聲招呼，謝謝陪我整理了一天。

啊啊啊啊——累死了——重死了——太瘋狂了——

提袋的帶子勒著一隻前臂，另一袋抓在掌心裡，我一手一袋，提著最後兩袋沉重的乾淨衣物，也提著氣，承重走回妹妹住處，中途沒有停下腳步，結束最後一回合。

還以爲自己會累倒在住處玄關，或是從冰箱翻出食物往嘴裡塞，那是吃掉一整塊豆腐也不奇怪的情況，結果沒有。我馬不停蹄地把所有洗乾淨的衣物重新分門別類，常穿的、不常穿的、破損的、污漬洗不掉的，一落落分區域擺放在臥室床上和沙發上，方便讓妹妹做最後的整理。

自己的衣服得自己收進衣櫥，到時要穿才不會找不著，或忘了自己擁有。

我知道自己犯了規，妹妹沒有要求幫忙，是我主動做起家務，冒犯了她的隱私，可我仍舊仗著她可能給予的諒解，講究自己還是留有分寸，例如不打掃臥室，不打開所有收納空間，除了冰箱、餐房吊櫃及流理台。

當整頓告一段落，也臨近妹妹下班的時間，我簡單沖了澡便趕緊再次出門，去了趟Sanwa張羅晚餐，途中傳訊息告訴妹妹今天不外食。

冰箱裡有昨晚買給妹妹當宵夜的蕎麥麵，她不餓，說要留著今天晚餐吃。我覺得分量不夠，儘管冰箱存糧還有豆腐和野菜沙拉，但都不是妹妹的菜。她偏好正餐多些，像肉或是麵食。

精疲力盡的我沒有力氣做飯，就算有，也沒食材，現在去超市也只打算買現成的，心裡盤算著得多買幾道熟食讓妹妹搭配享用，結果剛好幸運碰上了超市店員正在替熟食區貼打折貼紙的時機，一旁客人伺機而動，我也順勢拿了幾盒，撿了個便宜。

軀體疲憊至極地遊走在崩潰邊緣，心神更敏感，全身肌肉像憤怒的浩克那般鼓脹著，在生活的枝微末節裡更有機會感受到眞正的療癒。

我拎著戰利品，慢慢走回妹妹住處，儘管想要加快速度，卻被迫只能緩步前行。腰椎開始隱隱作痛，可想而知，明天睡醒一定得哀嚎了吧，但那也是我應當承受的，是清理儲藏室的最後一道環節。

透過身體勞動，抑制在腦袋裡彎彎繞繞不斷滋生的想法。我想像腦袋是儲藏室，從中陸陸續續清出了大量的塑膠製品、佔空間的紙箱，也清出易碎的玻璃，以及已無法正確分辨原本長相的待洗衣物，像一束束的梅乾菜，每一束都是一道坎，都是曾經拚命努力卻得不到相應收穫而過不去的自己。假裝沒有就以爲從來不存在。

留下該留的，丟掉該丟的，清洗被污染過的，被抹黑的直接捨棄，空間全面消毒，然後重新開機，重新定位自己，重新選定路線。

我一整天專注做的只有這件事——專注嘗試，嘗試自己的內在清理。

妹妹稍晚回到住處，驚訝我一整天打掃洗衣清理垃圾，浪費大好時光，我說不是的，相反的，是我需要這段時間，狼狽不堪卻又甘之如飴，有種心願達成的滿足感。

「好吃嗎？」

「就超市賣的，就那樣。」妹妹笑了笑，就是普通。

「炸雞塊我另外去了全家買，還有雞肉丸子。」全家在走回住處的順路上。

「眞的有差齁？是不是很美味？」

「裡面有雞軟骨，咬起來口感很好。」我咬了一顆認眞咀嚼。

電視上播放ＷＢＣ預備開打的消息鋪天蓋地。

二〇二三年日本集結了現今最強的棒球運動員，組成「日本武士隊」，抱持一球入魂的精神，主打找回初心，贊助商廣告黃金時段連發，洗腦標語無所不在，舉國沸騰，明明一場比賽都還沒開始打，社會整體氛圍彷彿已經奪冠。大谷翔平看起來容光煥發，和他志同道合的夥伴齊聚一堂，沒有誰沾誰的光，個個神采飛揚，凝聚一股很純粹的信念，可以贏過一切。

「買得到票嗎？」我有點想去。

「日本隊的肯定買不到了，其他國家的可能還有。」

「在哪裡？」

「東京巨蛋吧。」妹妹拿起手機查詢，確定所有日本隊場次的門票售罄。

「後天晚上開幕戰要不要買炸雞可樂披薩在家收看轉播？」我說。

「好啊，時間一到我馬上閃人，應該趕得上。」

「我先把吃的張羅好等妳回來。」我說，等她滑壘回來馬上邊吃邊享受比賽。

「梅酒嗎？」她提議。

「好哇。」我記得超市有一櫃擺的全是梅酒，選項比台灣大賣場多得多。

「那天誰都不能阻止我準時下班。」她立下決心。

「期待欸。」

「明天要不要去看電影？」她問，在她下班之後去。

「可以嗎？」我擔心她會累，明天不是休假日。

「去我常去的那間。」她點了點頭。我想起妹妹經常下了班一個人跑去看電影，讓原來不怎麼看電影的同事在耳濡目染的情況下紛紛相約去電影院。

「所以我們是約橫濱？還是東京？」

「鴨居。」她說。

「哦。」她提過，是附近的小站，但有LaLaport。

「晚上場次不多了。」

「《灌籃高手》喔？」

「妳還有其他想看的嗎？」

「《灌籃高手》。」

「那我已經看好場次了哦。」她說，晚上九點十五分。

「町田沒電影院喔？」

「沒有，町田什麼都有，就是沒有電影院。」

「可能以後會有吧。」

「不知道欸。」她聳了聳肩，絲毫不在意。

「嗯。」

「以後我也不住這了。」

《站在原地走了很遠》完

後記

去年三月十七日，下午兩點，和編輯約碰面，在中山站附近的咖啡廳。我拎著清晨六點去南苗市場買的菜苗赴約，說打算嘗試在露台種點什麼，比起觀賞植物，我似乎更適合務農。和她見面也穿得十分居家。她從外面帶了蛋糕，又在店裡額外點甜食，推到我眼前，輕聲地說都給我吃。不確定自己是否做到好好回應她的善意，是否表現得體，我當下注意力全放在咖啡廳裡眼前小小圓形桌面的擺盤點心和她白白淨淨笑起來的模樣。

我說我去了趟日本，她看見我社群上傳一系列日本盒裝豆腐的寫眞，下了偏愛的註腳——其他任何一點都不加，太過熱烈的都不是愛，是偏執，是豆腐。

那可不是普通的豆腐呀，是日本豆腐，是外國模特兒，我推薦她有機會可以嘗試一下，並且主動出示我的手機相簿，裡面儲存不少豆腐作爲主角的獨照，鏡頭底下每張豆腐都在裝可愛。

豆腐是暖場話題，和編輯見面自然是討論寫作計畫。

小說寫了好長一段時間，不斷地塗抹修改，原地踏步，對自己組織的架構雞蛋裡挑骨頭，儘管嘗試做出許多努力，卻也否定努力，我想我是不滿意自己。

當前的創作往往和自己現階段人生課題息息相關，個中玄妙，難以言明。而就過往經驗得到的結果反推，最務實的做法是盡力去碰撞、體驗、犯錯、修正，以及做到該做能做必須做的任何事，我們永遠不可能眞正清楚我們所做的哪一步爲我們帶來何種收穫——這甚至不是最重要的事。

如果不能首先完善自己，無法拓展視野，沒有觀點，也沒有堅定的信念，我恐怕很大機率無法完成作品。

這件事說來抽象，全是感受，貼切的描述大抵像是——又來了——怎麼又來了——爲什麼每次走著走著走到下個階段都會無預警陷入無盡迴圈的夢魘之中？反感重蹈覆轍的自己，明明爲了不給別人增添負擔已經非常小心了卻還是能重摔一大跤——摔得太重叫不出聲最好，要是因爲疼痛嚎啕只會更氣惱自己。年輕的時候慣性自暴自棄，如今差不多也進入骨質疏鬆的歲數，經驗教會我既然摔跤了就順便躺平，承認自己只是累了，身上有傷，心裡有座八百公尺深的游泳池，每天都得撲通縱身跳進水中，苦不堪言地承受高壓，憋著氣過日子，然後煩悶想著究竟終點在哪裡!?

我當然知道順便躺平頂多把逗號躺成一根豆芽菜，永遠不會是句號。轉個身，面向上方，沒入深海海底，揚起四肢，這個世界什麼事也沒發生，一向無常，一切如常，離開台灣爲的也是暫時跳脫被我自己活成泥沼般的環境。

遍嚐日本超市販售的盒裝豆腐，搭配各式各樣野菜入口，有時候多顆白煮蛋。我放下腦袋，順從心意，直覺心裡堆疊太多東西，或許從簡化食物開始，任何形式的簡化。

當我遵循本能先做出了行動並且獲得久違的平和之後才意識到原來心靈與物質的能量可互換互通，虛實並無壁壘，之間息息相關。

與此同時，在我還沒有眞正察覺其關聯性之前，我已經開始在每天正式寫小說之前先抒發一篇看似八竿子打不著的生活記事或簡單的流水帳當作暖機，試圖解開束縛，學習表達，重溫手感，某種程度也算身心靈全方位復健。

從隻字片語，短文，短篇，到中篇，再來帶有起承轉合的章節，當然還有些分心時候塗鴉出來的鬼畫符，甚至勾選清單，不拘泥任何形式去表達自己眞正感受到的。從日本回到台灣依然持續書寫，起初只是爲了讓小說進行得更順利才開始的行動，不知不覺竟也自成一格。

終究本能是答案。

然後這讓我再次回想起詭譎昏黃的童年——據傳，我六個月大的時候犯了罪。

那天外婆心血來潮揹著我去南苗早市逛街，路上她巧遇熟人便駐足話家常，我不哭不鬧，自己找事做，伸手抓起隔壁攤豆腐板上的板豆腐猛嗑，一聲不吭地嗑得滿臉豆腐。直到路人發出此起彼落唉唷唉唷哎呀呀的狀聲詞提醒外婆趕快制止我公然搶劫豆腐攤販。那是我人生第一次吃霸王餐的經驗。

自此之後，每次和外婆見面，外婆總會重新提及這段往事，每提一次，多一點細節，而身爲當事人卻對這件事一點記憶也沒有的我除了搔頭傻笑之外，能做的就是看外婆表演。外婆尤其喜歡模仿當時路人唉唷唉唷哎呀呀提醒她制止我的語調，差不多的情境、差不多的走位，外婆反覆且詳盡地還原描述令人產生身歷其境的錯覺，漸漸地，直到有一天，我像穿越時空回到過去似地，站在一旁目睹案發過程，看著六個月大的我吃得一臉豆腐，忍俊不禁。

會不會一切的一切從我六個月大開始就已經埋下伏筆，註定將來有這麼一天？

無論我是否擁有記憶但的確這件事曾經發生，那個受本能驅使無所畏懼吃起霸王餐的孩子，她是我，她和我一樣因爲吃著無調味豆腐而感到舒心，這是種極其陌生的情感體驗，當我意識到自己始終食性一致，內心感知到前所未有的平靜，這讓我變得更穩定，也篤定。我才知道我從來沒有丟失自己。

詹馥華

國家圖書館出版品預行編目資料

站在原地走了很遠／詹馥華 著.
—— 初版.——台北市：蓋亞文化，2025.01
面；公分-- (島語文學 ; 13)

ISBN 978-626-384-159-8（平裝）

863.55 113019478

島語文學 013

站在原地走了很遠

作　　者　詹馥華
封面插畫　Hanna Chen
裝幀設計　黃宇謙
責任編輯　盧韻亘
總 編 輯　沈育如
發 行 人　陳常智
出 版 社　蓋亞文化有限公司
地址：台北市103承德路二段75巷35號1樓
電話：02-2558-5438　傳真：02-2558-5439
電子信箱：gaea@gaeabooks.com.tw
投稿信箱：editor@gaeabooks.com.tw
郵撥帳號 19769541　戶名：蓋亞文化有限公司
法律顧問　宇達經貿法律事務所
總 經 銷　聯合發行股份有限公司
地址：新北市新店區寶橋路二三五巷六弄六號二樓
電話：02-2917-8022　傳真：02-2915-6275
港澳地區　一代匯集
地址：九龍旺角塘尾道64號龍駒企業大廈10樓B&D室
電話：+852-2783-8102　傳真：+852-2396-0050
初版一刷　2025年01月
定　　價　新台幣 320 元
Published and printed in Taiwan

ISBN 978-626-384-159-8

Gaea

Gaea

GAEA

GAEA